DREAMBOOKS★

흑제

오렌 퓨전 판타지 장편소설

FUSION FANTASY STORY & ADVENTURE

12

dream
books
드림북스

흑제 12 (완결)

초판 1쇄 인쇄 / 2013년 12월 31일
초판 1쇄 발행 / 2014년 1월 7일

지은이 / 오렌

발행인 / 오영배
책임편집 / 편집부
펴낸 곳 / (주)삼양출판사 · 드림북스

주소 / 서울특별시 강북구 솔샘로67길 92
대표 전화 / 02-980-2112 팩스 / 02-983-0660
편집부 전화 / 02-980-2116 팩스 / 02-983-8201
블로그 / blog.naver.com/dreambookss

등록번호 / 제9-00046호
등록일자 / 1999년 3월 11일

ISBN 978-89-542-5504-2 (04810) / 978-89-542-5095-5 (세트)

* 지은이와 협의하에 인지는 생략합니다.
* 잘못된 책은 구입한 곳에서 바꾸어 드립니다.

이 도서의 국립중앙도서관 출판시도서목록(CIP)은 서지정보유통지원시스홈페이지(http://
seoji.nl.go.kr)와 국가자료공동목록시스템(http://www.nl.go.kr/kolisnet)에서 이용하실 수
있습니다. (CIP제어번호: 2013029131)

DARK EMPEROR 흑제

12

오렌 퓨전 판타지 장편소설

FUSION FANTASY STORY & ADVENTURE

dream books
드림북스

DARK EMPEROR

흑제

Contents

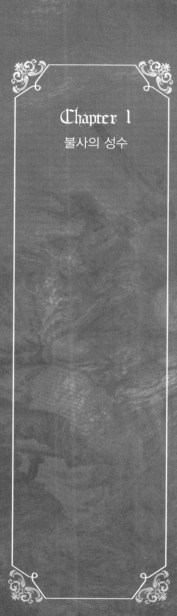

Chapter 1
불사의 성수

　무혼은 쓰러져 있는 루인을 쳐다봤다. 하얀 크림 같은 로
브는 루인이 토한 피로 붉게 물들어 있었다.

　"루인!"

　루인의 두 눈은 굳게 감긴 채 미동도 없었다. 미세한 호
흡조차도 느껴지지 않았다. 무혼은 우두커니 선 채로 루인
을 내려다봤다.

　엘리나이젤이 침중한 표정으로 말했다.

　"루인 님은 그분의 한계를 뛰어넘는 무리를 하셨습니다.
정령왕들의 마음을 돌리려는 의도이셨지요. 결국 이렇게
가실 줄은……."

루인은 무리해서 현자의 빛을 펼쳤고, 그 탓에 그녀의 생명력이 순식간에 소멸되어 버렸다. 다행히 그녀의 희생 덕분에 정령왕들이 일시적으로 냉정함을 되찾긴 했었다.

비록 찰나에 벌어진 일이지만 만일 루인의 희생이 아니었다면, 용자의 숲은 물론이고 트레네 숲은 이로이다 대륙에서 사라지고 말았을 것이다. 물론 이로이다 대륙 전체에 재앙이 임했을 것임은 말할 것도 없다.

이로이다 대륙을 구해 놓고 루인은 죽었다. 자신의 생명력을 희생해서 대륙을 구했다. 그녀의 숭고한 희생정신은 진정 현자다운 것이었지만, 무혼은 도무지 그녀의 죽음을 받아들이고 싶지 않았다.

아르나에 이어, 가디언 로아탄들에 이어, 이제는 현자 루인까지 죽었다. 특히나 루인은 무혼에게 있어 단순한 현자 이상의 의미가 있었다. 현자가 아닌 여자로서! 그녀는 지금껏 무혼이 마음을 주고 있는 유일한 이성이 아니었던가.

그런 루인이 죽다니.

대체 누가 루인을 죽게 만들었는가?

무혼의 두 눈에 흐릿한 물막이 생겼다. 곧바로 그의 몸에서 상상을 초월한 가공할 살기가 일어났다.

이제 만일 무혼의 분노가 폭발하면 그를 막을 존재란 없을 것이다. 어쩌면 그 분노는 가장 먼저 정령왕들에게 임할

가능성이 높았다. 그들이야말로 루인을 죽게 만든 장본인들이라 할 수 있기 때문이다.

그것을 짐작했기 때문일까? 뒤에서 불안한 표정으로 서있던 나룬과 아쿠아가 흠칫 몸을 떨었다.

'으! 그 사악한 마왕 놈만 아니었다면.'

'망할 콘딜로스 놈! 가만두지 않겠다.'

나룬과 아쿠아는 이를 갈았다. 그들은 자신들을 도발해 이로이다 대륙을 공격하게 만든 마왕 콘딜로스를 찢어 죽이고 싶은 심정이었다. 그러나 그것은 지금 이 상황을 모면한 이후에나 가능한 일이다.

'아쿠아! 저 루인이라는 현자가 정말 죽었느냐?'

'그렇지 않아도 지금 살펴보고 있다.'

'죽으면 우린 끝장이다. 반드시 살려내야 돼.'

'알고 있으니 말 시키지 마라.'

죽기 직전의 상황에서 그야말로 싹싹 빌어서 간신히 살아난 나룬과 아쿠아였다. 정체불명의 자색 깃털 새와 물의 로아탄 가르니아, 그리고 사만다까지 나서서 무혼에게 사정하지 않았다면 그들은 지금쯤 차원의 바다의 먼지로 변해 떠다니고 있을 것이다.

그런 만큼 그들로서는 현자 루인이 절대 죽어서는 안 되는 입장이었다.

그런데 루인은 이미 죽지 않았던가. 물론 정말로 죽었다면 방법이 없을 것이다. 그녀가 완전히 죽었다면 무슨 수로 살려내겠는가.

다만 아주 미세하게라도 생명력이 남아 있는 상태라면 살릴 수 있었다. 물의 정령왕 아쿠아는 피와 살로 이루어진 육체가 그 대상이라면 경이적인 효과를 발휘하는 치유의 성수를 만들어 낼 능력이 있으니까.

그중에서도 이로이다 대륙의 시간으로 천 년에 한 번씩 불사의 성수라는 것이 한 방울 생성되는데, 그것이야말로 기적 같은 효력이 있었다.

불사의 성수를 마시게 되면 아무리 처참한 지경의 부상을 입었다 해도 약간의 생명력만 남아 있다면 완벽한 회복이 가능하다. 그뿐만 아니라 불사의 성수를 마신 인간이나 엘프들은 그 수명이 가히 1천 년 이상 늘어나게 된다.

아쿠아는 다급히 다가가 루인의 입에 자신의 입을 맞췄다.

"무슨 짓을 하는 건가?"

무혼의 두 눈에서 섬광이 일었다. 난데없이 아쿠아가 죽은 루인의 입에 입을 맞추는 해괴한 짓을 할 줄이야. 그렇지 않아도 분노했던 무혼의 화가 더욱 증폭되고 말았다.

"합당한 이유를 대라. 어째서 죽은 사람의 입에 입을 맞추었나?"

저항 불가의 가공할 살기가 느껴지자 아쿠아는 움찔 놀라며 재빨리 루인의 입에서 그의 입을 뗐다. 그는 무혼이 발작하지 않도록 재빨리 자신의 행동을 설명했다.

"현자 루인은 살아 있소. 나는 그녀를 살리기 위해 불사의 성수를 먹인 것이오. 불사의 성수는 오직 입을 통해서만 전할 수 있어 부득이한 행동을 취했으니 이해해 주시오."

아쿠아의 말은 쾌속하게 흘러나왔다. 그 역시 루인에게 입을 맞춘 자신의 행동에 대한 합당한 이유를 설명하지 않으면 어떤 끔찍한 사태가 도래할 것인지 충분히 알고 있기 때문에 마음이 조급했다.

"······!"

그 순간 무혼의 안색이 급격히 밝아졌다. 루인이 정말로 살아 있다는 말인가?

놀랍게도 아쿠아의 말은 틀림이 없었다. 축 늘어져 있던 루인의 몸이 꿈틀 움직이더니 그녀가 눈을 번쩍 떴다. 마치 잠을 자고 일어난 듯 그녀는 멀쩡해져 있었다.

"무혼, 당신 왔군요."

루인은 무혼을 발견하자 눈물을 글썽이며 반색했다. 무혼이 다가왔다.

"몸은 괜찮소?"

"네, 가뿐해요. 분명 큰 부상을 입고 영락없이 죽는 줄 알았는데 왜 이렇게 멀쩡해졌죠?"

"저 물의 정령왕이 불사의 성수를 통해 당신을 구했소."

무혼은 한쪽에서 머쓱한 표정을 짓고 있는 물의 정령왕 아쿠아를 가리켰다. 물의 정령왕? 그보다 불사의 성수라니?

루인은 고대 전설과 신화와 관련된 책에서 불사의 성수에 관한 내용을 읽은 기억이 났다. 물의 정령왕만이 생성할 수 있는 불사의 성수를 마시면 수명이 불가사의하게 늘어난다는 기록을 말이다.

그런 불사의 성수를 자신이 마셨다니 꿈만 같았다. 그런데 물의 정령왕 아쿠아가 왜 그 귀한 것을 자신에게 주었는지 그녀는 궁금하지 않을 수 없었다.

분명히 아까 그녀가 쓰러지기 전까지만 해도 아쿠아는 이로이다 대륙을 멸망시키지 못해 안달이었는데 말이다. 어쨌든 귀한 선물을 받았으니 고맙다는 말을 해야 할 것 같았다.

"구해 주셔서 감사해요."

루인이 고개를 숙여 감사를 표하자 아쿠아는 머리를 긁적이며 웃었다.

"천만의 말씀이오. 살아나 주셔서 내가 오히려 감사할

뿐이오."

아쿠아에 이어 불의 정령왕 나룬도 만면에 미소를 지으며 루인에게 다가왔다.

"하하하! 정말 고맙소. 당신 덕분에 살아 있다는 것이 얼마나 행복한 일인지 깨달았소."

나룬은 신비한 붉은빛이 반짝이는 보석 목걸이를 루인의 손에 쥐여 주었다.

"이건?"

"화염왕의 목걸이요. 그것을 목에 차고 있으면 어지간한 충격에는 죽지 않을 거요."

화염왕의 목걸이는 불의 정령왕 나룬의 신비한 힘이 깃든 화염의 정수로 만들어진 것이었다. 그저 목걸이를 착용하는 것만으로도 오러 블레이드는 물론이요 마스터급 공격 마법이 엄습할 때 그것들쯤은 가볍게 튕겨 버릴 수 있는 가공할 방어 실드가 자연 생성된다고 했다.

"왜 이런 귀한 보물을 제게 주시는 거죠?"

루인이 깜짝 놀라 돌려주려 했지만 나룬은 이미 멀찌감치 이동해 버린 후였다. 나룬과 아쿠아는 그녀에게 손을 흔들었다.

"현자 루인! 부디 오래오래 잘 살아 주시오. 그것이 우리를 도와주는 일이오."

"혹시 도움이 필요한 일이 있으면 뭐든 부탁하시오."

그 말과 함께 두 정령왕은 무혼의 눈치를 힐끗 살피더니 크게 외쳤다.

"약속대로 나 나룬은 용자의 세계를 수호하도록 하겠소."

"이제부터 용자의 세계를 침입하려는 자들은 나 아쿠아의 허락을 받아야 할 것이오."

그 말이 끝남과 동시에 그들은 환영처럼 사라져 버렸다. 그들은 이제 자신들이 말한 대로 용자의 세계를 수호하는 임무를 수행할 것이다. 이는 자연스레 두 정령왕의 세계가 용자 무혼의 세계로 편입되었음을 의미했다.

그때 루인은 아직도 정신이 멍했다. 대체 정령왕들이 무엇 때문에 그토록 큰 호의를 베푸는 것일까? 그녀는 그들의 호의에 대해 잠시 골똘히 생각해 보다가 이내 대략 어떤 일이 벌어졌는지 눈치챘다.

모든 것이 바로 무혼 때문이었다. 정령왕들은 무혼에게 잘 보이기 위해 그녀에게 자신들이 가진 귀한 보물들을 기꺼이 내놓은 것이다.

그녀가 어찌 알 수 있겠는가. 방금 전 그녀가 죽은 것이나 다름없는 상태에 있었을 때 무혼이 얼마나 상심하고 분노했었는지. 그로 인해 나룬과 아쿠아가 얼마나 기를 쓰고 그녀를 살리려 했는지를.

만일 그녀가 불사의 성수를 통해서도 살아나지 못했다면 이로이다 대륙에 있는 두 정령계는 흔적도 없이 사라져 버렸을지도 모를 일이었다.

물론 평소의 무혼은 자신의 분노를 그런 식으로 마구 분출하는 성격은 아니지만 그래도 루인의 죽음은 그의 이성을 잃게 만들 충분한 이유가 될 것이었다.

따라서 루인이 살아난 것은 두 정령왕들에게 천행이나 마찬가지였다. 그들이 가장 귀하게 여기는 불사의 성수나 화염왕의 목걸이 등을 아까워하지 않는 이유도 바로 그 때문이리라.

"루인, 당신이 회복되어 정말 다행이오. 살아나 주어 고맙소."

루인은 무혼이 매우 따스한 눈빛으로 자신을 쳐다보고 있음을 느끼고는 왠지 가슴이 두근거렸다. 무혼은 주변의 다른 이들의 시선은 아랑곳하지 않고 루인만 바라봤다. 그러고는 바싹 다가와 그녀를 끌어안고 입을 맞췄다.

"……"

마치 시간이 정지된 것과 같은 순간.

엘리나이젤 등은 눈치껏 자리를 피했다. 바람의 정령 실피도, 고양이 가디언 포티아도 슬그머니 다른 곳으로 이동했다.

 그러나 그들과 달리 싸늘한 미소와 함께 코웃음을 날리며 그 장면을 노려보는 이가 있었으니.

 '두고 보죠. 얼마나 그 사랑이 오래가는지.'

 예전에 무혼이 불의 정령 사만다의 구애를 거절한 이유는 그녀가 인간이 아니라는 이유에서였다. 과연 무혼은 그 말대로 인간 여인을 사랑하고 있었다. 지금은 도무지 사만다가 비집고 들어갈 여지가 없어 보였다.

 그러나 사만다는 무혼이 이제 절대 용자가 된 이상 사실상 인간의 한계를 초월했음을 알고 있었다. 그는 이미 정령왕이나 마왕 이상의 수명을 갖게 된 것은 물론이요, 가히 그 끝이 언제인지 알 수 없는 장구한 시간을 살아가게 될 것이다.

 따라서 그에게는 이제 드래곤이건 정령이건 로아탄이건, 심지어 마족이나 여마왕(女魔王)이건, 혹은 초용족이나 오르덴이라 해도 애인으로서 문제가 되지 않는다. 초월자는 더 이상 태생의 한계에 얽매이지 않기 때문이다.

 다시 말해 절대 용자인 무혼은 사만다와 얼마든지 애인이 될 수 있는 것이다.

 문제는 아쿠아가 불사의 성수를 루인에게 먹인 덕분에 루인의 수명이 천 년 이상 증가했다는 사실. 그렇지 않았다면 사만다는 길어야 백 년 정도만 기다려도 되었을지 모른다.

'하여튼 모든 일에 도움이 안 된다니까.'

사만다는 루인을 살려낸 아쿠아가 왠지 원망스러웠다. 그리고 사실 그는 불사의 성수가 아닌 치유의 성수 정도로도 충분히 그녀를 살릴 수 있었다. 그런데 굳이 불사의 성수를 준 이유는 무엇이었을까?

아마도 그것은 사만다가 무혼을 좋아하고 있음을 눈치 챈 아쿠아의 질투심에서 벌어진 일일 가능성이 높았다. 루인의 수명이 길어지는 만큼 사만다는 홀로 있어야 한다. 그 사이에 아쿠아는 사만다의 마음을 얻어 보려고 할 것이다.

그뿐인가. 나룬이 그 귀한 화염왕의 목걸이를 루인에게 준 이유도 수상했다. 그로 인해 루인은 자신의 수명이 다하는 그 순간까지 스스로 죽고 싶어도 죽지 못할 만큼 강력한 보호막이 생겨났다. 당연히 나룬 역시 아쿠아와 같은 목적에서였으리라.

물론 사만다는 하늘이 두 쪽 나도 아쿠아나 나룬과 다시 애인이 될 생각은 없었다. 그녀는 이글거리는 시선으로 무혼과 루인의 입맞춤을 지켜보다 신형을 돌렸다.

'아득한 훗날 당신의 옆에 있는 그 여인이 죽고 나면 그때는 내가 당신 곁으로 갈 기회가 있겠죠.'

절대 용자의 옆에는 그에 걸맞은 아름다운 애인이 존재해야 한다. 그러한 존재는 방대한 차원의 바다를 통틀어 오직 자신 하나뿐이라고 사만다는 확신했다.

'천 년 후에 봐요. 그때 가면 당신도 날 거부하지 못할걸요.'

그런 사만다를 붉은 털 고양이 포티아가 힐끗 나비눈을 뜨며 노려봤다.

'쯧! 너 제발 정신 좀 차려라옹. 아무리 기다려 봤자 소용없을 거라옹.'

'시끄럿! 고양이 주제에!'

사만다는 포티아의 수염을 슥 잡아당겼다.

'크으! 어딜 감히 내 수염을! 죽고 싶냐옹?'

일개 정령이 감히 로아탄의 수염을 잡아당기다니. 이는 있을 수 없는 일이었다. 포티아가 노려봤지만 사만다는 코웃음 쳤다.

'흥! 너도 천 년 후에나 보자. 심술보 고양아.'

그렇게 사만다는 정령의 숲으로 떠났다. 천 년 후의 사랑을 가슴에 품고서. 정말로 그때 그녀의 사랑이 이루어질지는 알 수 없는 일이다.

한편 무혼에 의해 분신이 파괴된 콘딜로스는 정신적 공

황 상태에 빠져 있었다.

"크으으! 이런 말도 안 되는……!"

환마주를 사용해 정령왕들을 속여 용자 무혼의 세계를 공격하게 하는 데까지 성공했던 콘딜로스였다. 그런데 갑자기 나타난 무혼으로 인해 그의 모든 음모는 무산되고 말았다.

그러나 그저 단순히 용자와 정령왕들을 이간질하려던 계획이 무산된 것뿐이었다면 지금처럼 콘딜로스가 두려움에 떨지는 않았을 것이다.

"그는…… 이미 초월자다. 내가 대적할 수 있는 자가 아니야……."

콘딜로스는 무혼의 능력이 그가 상상하던 것 이상임을 체감했다. 무혼이 나타났을 때 콘딜로스가 느꼈던 두려움은 아득한 옛날 타락한 용자 루치페로와 마주쳤을 때와 흡사했다.

대체 무엇 때문에 그 스스로 능력을 감추고 있었는지 알 수 없지만 그는 콘딜로스와 유레아즈가 무슨 수를 써도 이길 수 있는 상대가 아니었다.

심지어 피라타 해협의 피라타들과 합세한다 해도 그를 상대하는 건 불가능했다. 콘딜로스는 무혼이 했던 말을 떠올리고 몸을 다시 떨었다.

……오늘은 분신이지만 곧 네놈의 본신도 부숴
주마. 생각보다 그 시간이 오래 걸리지 않을 것 같으
니 지루하게 기다릴 필요는 없을 거다……

그야말로 기막힌 말이었다. 누가 감히 마왕 콘딜로스를
향해 이와 같은 말을 할 수 있다는 말인가? 누가 들어도 미
친 소리에 불과할 것이다.

그러나 콘딜로스는 용자 무혼의 입에서 나온 그 말이 결
코 허언이 아님을 알았다. 아마도 그는 65개의 세계 사이
에 감추어진 콘딜로스의 마왕궁도 금세 찾아낼 것이다.

어쩌면 잠시 후라도 본신이 파괴되어 영구히 소멸당할지
도 모른다는 그 생각을 하자 콘딜로스는 두려워 견딜 수가
없었다.

'이럴 때가 아니야. 떠나야 한다. 그가 찾을 수 없는 곳
으로.'

그야말로 아득한 세월 동안 공을 들여 점령한 65개의 세
계를 모두 포기하고 노지즈 해역을 떠날 때가 온 것이었다.
정말로 아깝기 그지없지만 그것에 미련을 두다간 파란만장
한 마왕으로서의 삶에 종지부를 찍게 될 것이다.

'빌어먹을! 하필이면 이로이다 대륙에 절대 용자가 나올

줄이야. 정말 재수도 더럽게 없군.'

어떤 해역은 수만 년이 아니라 수백만 년이 지나도 절대 용자 따위는 출몰하지 않는다고 하는데, 하여간 콘딜로스는 자신의 신세가 참으로 기구하다는 생각이 들었다.

마왕으로서 마해역 한 번 만들어보기는커녕 허구한 날 도망 다니는 신세라니. 그나마 노지즈 해역에서는 오래 버틴 편이었다.

콘딜로스는 휘하 로아탄들과 마족들에게 즉시 짐을 싸라 지시했다. 마왕궁에 있는 것들이라도 다 챙겨가야 다른 새로운 해역에서 자리를 잡는 데 힘이 덜 들 것이다.

생각 같아서는 65개의 속하 세계에 있는 모든 것들을 다 싹쓸이해서 들고 가고 싶었지만, 지금은 그럴 만큼 한가한 때가 아니었다. 절대 용자에 의해 노지즈 해역이 성해역으로 변하는 것은 한순간일 테니까.

스슷.

그렇게 자신의 본거지를 떠나기 위해 부산스럽게 움직이고 있는 콘딜로스 앞에 유레아즈가 나타났다. 그는 이제 피라타 해협의 피라타들이 누베스 대륙이 있는 해역에 진입했음을 콘딜로스에게 알려 주려고 왔다가 눈앞에 펼쳐진 광경을 보고 멍해졌다.

"너 지금 뭐하는 것이냐, 콘딜로스?"

그러자 콘딜로스는 유레아즈를 힐끗 노려봤다. 그러다
이내 의미심장한 미소를 짓고는 말했다.

"나는 간다. 노지즈 해역은 네게 양보할 테니 잘해 봐라,
유레아즈."

"무엇이?"

유레아즈는 잘못 들었나 싶었다. 대체 무슨 일인지는 모
르지만 그로서는 콘딜로스가 노지즈 해역을 떠난다면 쾌재
를 부르지 않을 이유가 없었다.

그러나 그 오랜 세월 동안 노지즈 해역에 공을 들였던 마
왕 콘딜로스가 난데없이 모든 것을 포기하고 떠난다는 것
은 그가 미치지 않고서야 매우 이상한 일이 아닌가. 유레아
즈는 뭔가 심상치 않은 일이 벌어졌음을 직감하고는 콘딜
로스를 뚫어져라 노려봤다.

"무슨 일이 있었느냐?"

"큭! 아무 일도 없었다. 그냥 나도 이 짓이 지겨워졌을
뿐이야. 내게 속했던 65개의 세계는 네가 다 가져라. 크크
크! 부디 건투를 빈다. 이제 노지즈 해역은 너의 마해역이
되지 않겠느냐? 어쨌든 이제 우리는 두 번 다시 볼일이 없
겠지."

콘딜로스는 키득 웃으며 손을 흔들었다. 그 순간 그의 마
왕궁이 먼지처럼 부서져 내렸다.

콰르르르! 우르르르—

곧바로 콘딜로스의 신형은 차원의 바다 위에 떠 있는 거대한 마왕투함의 선갑판 위로 이동했다.

"아르아브 해역으로 간다! 전속 항진하라!"

콘딜로스의 전함이 차원의 바다를 가르며 빠른 속도로 나아갔다. 그 뒤를 수십 척의 마왕투함과 수천 척의 마전함, 그리고 그 수를 헤아릴 수 없는 마운선들이 질서 정연하게 뒤따랐다.

"……."

그 모습을 유레아즈는 인상을 확 찌푸린 채 지켜봤다. 대체 왜 탐욕스러운 콘딜로스 마왕이 자신의 모든 것을 포기하고 이곳을 떠나는지 그는 도무지 이해하기 힘들었다.

피라타 해협의 악명 높은 피라타들을 투입한 이상 용자와 정령왕들은 자연스레 정리가 될지도 모르는 일인데, 대체 무엇 때문에?

'뭔가가 분명 있다.'

애써 그 기색을 감추려 하고 있었지만 콘딜로스는 매우 초조해 보였다. 아니, 뭔가에 두려워 떨고 있었다.

'콘딜로스 놈이 단순히 지겨워서 이곳을 떠났을 리는 없다. 그렇다면 혹시?'

콘딜로스가 누구인데 노지즈 해역을 유레아즈에게 양보

하겠는가? 지겨워서? 그렇다면 노지즈 해역을 파괴하면 파괴했지, 남에게 준다는 것은 있을 수 없었다. 왜냐면 그는 마왕이니까.

유레아즈 역시 마찬가지다. 그럴 리는 없겠지만 정말로 이곳 노지즈 해역이 지겨워져서 떠나는 일이 벌어진다면, 그는 이곳 세계를 모조리 파괴하면 파괴했지, 다른 마왕 좋으라고 남겨 놓을 리는 없었다.

결론적으로 콘딜로스는 뭔가에 놀라 떠난 것이다. 아니, 떠난 것이 아니라 달아난 것이다. 대체 무엇 때문에 놀랐는지는 그가 말을 하지 않아 알 수 없지만, 얼핏 짐작 가는 것은 있었다.

'……'

그사이 콘딜로스 마왕의 함대는 차원의 바다 수평선 멀리 사라져 버렸다. 한동안 고민에 잠겨 있던 유레아즈의 눈빛이 일순 차갑게 번뜩였다. 그는 어디론가 급히 사라졌다.

누베스 대륙.

본래 마왕 유레아즈의 마계였다가 용자 무혼의 세계로 편입된 이 대륙을 향해 수백 척의 함선이 접근하고 있었다.

수십 척의 마왕투함과 수백 척의 마전함!

펄럭이는 돛과 깃발의 그림들은 도합 다섯 종류였다.

바람의 로아탄 뢰베, 물의 로아탄 닐페어트, 땅의 로아탄 제훈트, 불의 로아탄 포겔, 어둠의 로아탄 우스로스!

　이들 다섯 명의 로아탄 피라타들이 이끄는 대함대!

　각각의 마왕투함과 마전함들 위에는 로아탄들과 정령들, 또한 드래곤들이 득실거렸다. 그들 모두는 그동안 뢰베 등이 차원의 바다를 누비며 거두어들인 부하들이었다. 그들 중에는 자발적으로 모여든 이들도 있지만, 강제적으로 부하가 되어 피라타 생활을 하는 이들도 많았다.

　그러나 어떤 식으로 피라타가 되었든 그들은 하나같이 어디 가서 한가락씩 하는 실력을 보유했다. 드래곤이건 정령이건 모두 전투에 능한 편이라 같은 숫자의 상급 마족 군단에 비해 전투력이 월등하다고 할 수 있었다.

　그만큼 막강한 전력을 가진 피라타 연합 함대가 마왕들이 만들어 둔 다크 포탈들을 타고 순식간에 노지즈 해역을 종단해 누베스 대륙이 있는 곳까지 다다른 것이었다.

　그들은 누베스 대륙쯤은 가볍게 접수한 후 계속해서 하스디아 대륙을 점령한 후 곧바로 나룬과 아쿠아가 다스리는 두 정령계를 공격해 빼앗을 작정이었다. 그리고 마지막으로 이로이다 대륙을 공격해 그곳의 용자를 죽이면 된다는 생각에 잔뜩 고무되어 있었다.

　곧바로 사자 형상의 얼굴을 가진 바람의 로아탄 뢰베가

큰 소리로 외쳤다.

"곧 누베스 대륙이다. 모두 전투 준비해라."

그러자 땅의 로아탄 제훈트가 어깨를 으쓱했다.

"전투 준비할 게 뭐 있겠소? 기껏해야 용자의 가디언 로아탄 몇이 있을 텐데."

"오호홋! 맞아요. 우리 중 아무나 나서도 그깟 가디언 놈들을 해치우는 건 간단한 일이겠죠."

불의 로아탄 포겔이 깔깔 거리며 동조했다. 어둠의 로아탄 우스로스가 키득거리며 고개를 끄덕였다.

"그렇다면 놈들은 막내인 내가 처리하지요. 형님들과 누님들이 나설 필요는 없습니다."

그러자 물의 로아탄 닐페어트가 푸른 머릿결을 쓸어 넘기며 웃었다.

"후후, 좋아. 막내에게 그 정도는 양보해야지."

"쿠흐훗! 고맙습니다, 닐페어트 누님."

그들은 각각 자신의 마왕투함에 탑승한 상태였지만, 마치 바로 옆에서 말을 하듯 대화를 주고받았다. 곧바로 우스로스는 자신의 함대를 향해 크게 외쳤다.

"들었느냐? 누베스 대륙은 나 우스로스가 점령한다. 모두 따르라!"

촤아아아!

피라타 연합을 이루는 다섯 세력 중 어둠의 로아탄 우스로스의 함대가 선봉이 되어 누베스 대륙을 향해 힘차게 나아갔다.

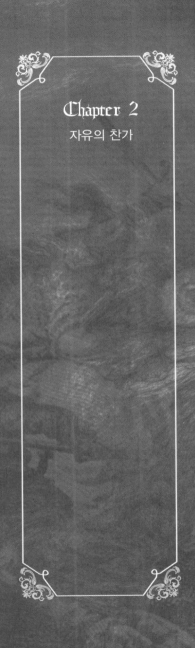

Chapter 2
자유의 찬가

좌아아아!

광활하게 펼쳐진 차원의 바다를 항진하던 우스로스의 함대는 전면에 나타난 하나의 세계로 진입했다. 그곳은 용자 무혼의 세계 중 하나인 누베스 대륙이었다.

'용자의 가디언은 물의 로아탄 와테르를 비롯해 고작 넷뿐이라 했던가?'

우스로스는 힘의 근원을 7개 가진 로아탄이다. 따라서 그 넷 정도면 혼자서도 가볍게 이길 수 있었다. 그럼에도 우스로스가 휘하의 부하들을 데려온 이유는 그들로 하여금 모처럼 새로운 대륙을 마음껏 약탈하게 하기 위함이었다.

그런데 의기양양하게 누베스 대륙으로 진입하려는 우스로스의 함대를 일단의 함대가 가로막았다. 당연히 그들이 용자의 세계를 지키는 가디언일 것이란 생각에 코웃음 치려던 우스로스는 거대한 화염검을 든 붉은 머리 청년을 보고 깜짝 놀랐다.

"나…… 나룬?"

그는 틀림없이 불의 정령왕 나룬이었다. 그뿐이 아니다. 그 옆으로 푸른빛의 활을 들고 있는 물의 정령왕 아쿠아의 모습도 보였다.

당황한 우스로스를 향해 나룬이 조소를 날렸다.

"감히 용자의 세계를 침입하러 온 피라타들이여! 당장 꺼지지 않으면 차원의 바다에 수장되게 될 것이다."

"당신들이 어찌 이곳에?"

우스로스는 정령왕들이 용자의 세계를 수호하고 있다는 것이 믿기지 않았다. 각각의 정령계에 있어야 할 정령왕들이 어찌 용자의 세계의 가디언 역할을 하고 있다는 말인가.

그러나 지금은 그 이유가 중요한 것이 아니다. 우스로스는 그 즉시 뒤로 물러났다. 그 혼자서는 두 정령왕 중 하나라도 상대가 불가능했기 때문이었다.

물론 피라타 연합의 수장들인 다섯 명의 로아탄들이 총공격을 펼치면 얘기가 달라진다. 이들 둘이 모이면 정령왕 하나를 능히 감당할 수 있는 터였다.

따라서 피라타 연합과 정령왕들의 세력이 맞붙으면 당연히 피라타 연합의 우세였다. 그들의 애초 목표에 두 정령계를 약탈하는 것도 포함되어 있는 이유가 그것 때문이었으니까.

'정령왕들이 이곳을 지키고 있는 것이 의외지만, 그래 봤자 우리가 힘을 합치면 두려울 것은 없다.'

우스로스는 뒤로 물러나기 무섭게 뢰베, 닐페어트 등을 비롯한 피라타 연합의 수장들을 모두 데려왔다. 그러자 나룬과 아쿠아의 표정에 긴장이 스쳤다.

"저 피라타 놈들이 이곳에 몽땅 나타난 것을 보니 아무래도 마왕들과 손을 잡은 게 분명해."

"그렇다면 우리 둘만으로는 벅차겠군."

나룬과 아쿠아는 승산 없는 싸움을 할 만큼 어리석은 이들이 아니었다. 그들은 즉시 용자 무혼에게 이 상황을 알렸다.

정령왕들의 연락을 받자 이로이다 대륙 트레네 숲에 위치한 용자의 성에 있던 무혼은 순식간에 누베스 대륙으로 이동했고, 곧바로 나룬과 아쿠아가 지키고 있는 차원의 문 앞에 도착했다. 이로이다 대륙에서 누베스 대륙을 차원의 바다로 이동하려면 오랜 시간이 걸리지만, 용자의 세계는

서로 포탈로 연결된 터라 단번에 이동해 오는 것이 어렵지
않았다.

츠으으읏!

갑자기 정령왕들이 물러나더니 웬 흑발 청년이 차원의
바다를 산보하듯 걸어오는 모습을 보고 뢰베 등은 놀랐다.

"저자는?"

"이로이다 대륙의 용자 무혼이 분명하군."

그들은 이미 무혼의 인상착의를 유레아즈에게 들은 터라
자신들의 앞으로 걸어오는 흑발 청년이 용자 무혼임을 알
아봤다.

그러고는 이내 어이없어하는 표정을 지었다.

"혼자서 걸어오는 이유가 무엇인가?"

"설마 혼자서 우리를 상대하겠다는 것은 아닐 테고."

아직 뢰베 등은 무혼이 얼마나 강한 능력을 가지고 있는
지 실감을 하지 못했다. 유레아즈에게 들은 대로 무혼의 능
력이 마왕이나 정령왕들에게 훨씬 못 미친다고 믿고 있었
기 때문이다.

그러나 피라타로서 잔뼈가 굵은 그들이 어찌 눈치가 없
겠는가? 그들은 무혼이 한 걸음씩 걸어올 때마다 자신들의
몸이 떨리고 있음을 발견했다.

그것은 단순히 무혼이 가진 기세에 위축된 것 때문이 아

니었다. 로아탄인 그들에게 있어 운명적 존재가 나타났음을 의미하는 떨림이었다.

지금껏 로아탄으로 살아오면서 한 번도 느껴보지 못한 설렘. 그들은 숱한 마왕과 정령왕들을 보면서도 이와 같은 느낌을 받은 적이 없었다. 그중 누구의 가디언이 되고 싶은 운명을 느낀 적도 없었다.

그런데 지금 나타난 용자 무혼을 보자 그들은 걷잡을 수 없이 빠져들고 말았다. 서로 비슷한 기질을 가졌기에 피라타로서 의기투합했던 뢰베 등은 가디언으로서의 운명을 느낀 것조차도 비슷했다. 놀라울 정도로 그들은 무혼의 매력 앞에 빠져 버렸다.

조금 전까지는 작정하고 싸우러 왔었는데 이제는 그러고 싶지 않았다. 그들은 서로 조바심이 들 정도로 앞다투어 무혼 앞에 달려가 엎드렸다.

"이로이다 대륙의 용자시여! 저를 당신의 가디언으로 받아 주시겠습니까?"

"저의 무례를 용서하시고 부디 당신의 가디언이 될 수 있게 해 주세요. 당신에게 영원한 충성을 맹세합니다."

그러자 당황한 것은 무혼이었다. 물론 무혼 역시 로아탄들을 굴복시켜 가디언으로 삼겠다는 생각을 하지 않은 것은 아니었는데, 설마 그들이 스스로 가디언이 되겠다며 맹

세할 줄이야.

무혼뿐 아니라 멀리서 지켜보던 정령왕들도 어안이 벙벙한 표정이었다. 뭔가 엄청난 전투가 벌어질 줄 알았는데 아주 싱겁게 끝나 버렸다. 물론 나쁜 쪽이 아니라 좋은 쪽으로.

'그것참, 식구가 늘어서 좋기야 하지만 왠지 싱겁단 말이야.'

'흐흐! 그나저나 피라타들이 용자의 가디언이 되었으니 그들을 부추긴 마왕 놈들의 표정이 볼만하겠군.'

어쨌든 이로써 오래도록 노지즈 해역의 한 축을 담당하고 있던 피라타 연합은 용자 무혼의 세계에 병합되었다. 뢰베 등을 비롯한 다섯 명의 수괴들은 더 이상 피라타가 아닌 용자 무혼의 가디언이 되었다.

또한 자연스레 그들의 부하 로아탄들도 무혼의 가디언이 되는 충성의 맹약을 했다. 이는 어떤 강제가 아니었다. 로아탄으로서 절대 용자의 가디언이 된다는 것은 최고의 영광이기 때문이었다. 한때 피라타로서 나쁜 짓을 일삼았던 그들을 가디언으로 받아주는 무혼의 관대함에 로아탄들은 모두 감동했다.

그런데 뢰베 등의 부하들 중에는 로아탄뿐 아니라 정령들과 드래곤들도 적지 않았다. 그들 중 대부분은 강제로 납

치되거나 노예로서 팔려와 피라타가 된 이들이었다.

실로 오랜 세월을 피라타 노릇을 했던 그들은 무혼에 의해 비로소 자유롭게 풀려나자 감개무량한 표정이었다.

그런 그들을 반기는 이들도 많았다. 정령들은 정령왕들이, 드래곤들은 이로이다 대륙의 드래곤 로드인 푸르카가 적극 나서서 챙겨 주었다.

무엇보다 그들을 위로해 주는 것은 달의 엘프 소니아와 케로닌, 그리고 엘프 베니뉴스와 레이탄트가 새로이 작곡해 합주하는 '자유의 찬가'라는 곡이었다. 이 신비한 선율의 곡을 들으며 드래곤들과 정령들은 오랜 노예 생활의 슬픔과 서러움을 위로받고, 마음의 자유를 얻을 수 있었다.

한편 무혼은 다시 이로이다 호를 출항시켰다. 두 개의 정령계와 다섯 개의 피라타 세계가 새롭게 그의 세계로 편입되었지만, 아직 노지즈 해역에는 123개의 마계가 남아 있으니 문제였다.

그 세계들을 모두 자신의 세계로 편입시키고, 유레아즈와 콘딜로스 두 마왕을 제거하는 것이 무혼의 목표였다. 그렇게 되면 노지즈 해역은 절대 용자의 성해역이 된다. 이후로 그 누구든 무혼의 허락을 받지 않고서는 노지즈 해역으로 진입 자체가 불가능하게 되는 것이다.

휘이이이이잉—

그런데 놀랍게도 이로이다 호는 차원의 바다 상공을 빛살처럼 날고 있었다. 그리고 순식간에 유레아즈의 제 42 마계인 수드 대륙으로 진입했다.

이곳이 아무리 누베스 대륙에서 가장 가까운 세계라 해도 어찌 순식간에 이동해 올 수 있다는 말인가. 이는 마치 포탈을 통해 공간 이동이라도 한 듯 빠른 속도였다.

"여러모로 도움을 주어 고맙소."

"허허, 고맙다니 그 무슨 말인가. 친구끼리는 그런 말을 하는 것이 아니라네."

무혼의 오른쪽 어깨 위에 살포시 앉아 있는 자색 깃털 새. 그는 다름 아닌 초용족 푸르푸레우스였다. 차원풍을 일으켜 이로이다 호를 가로막았다가 무혼과 한바탕 싸움을 벌였던 그가 왜 무혼의 어깨 위에 앉아 있는 것일까?

그리고 친구라니. 둘은 언제 친구가 되었단 말인가?

당시 무혼과 푸르푸레우스는 상당히 치열한 격전을 펼쳤다. 푸르푸레우스는 무혼이 이제 갓 절대 용자가 된 풋내기 초월자라 생각해 가볍게 보았지만, 무혼의 능력은 그가 상상했던 것 이상이었다.

푸르푸레우스는 무슨 수를 써도 무혼을 물러나게 하지 못했다. 물론 그는 자신의 전력을 다하지 않았지만, 무혼 역시 전력을 드러내지 않고 있음을 알고 있었기에 결국 그는 싸움을 중단하자 말할 수밖에 없었다.

무혼 역시 초월자끼리 굳이 생사를 걸고 싸울 필요는 없으니 싸움을 중단하는 데 동의했다. 그러다 둘은 곧장 의기투합하여 서로 친구로 지내기로 한 것이었다.

그 후로 푸르푸레우스는 무혼을 친구로서 돕고 있었다. 그가 가진 초용족으로서의 특별한 능력은 차원의 바다를 쾌속 질주하는 능력으로, 이른바 차원풍이라 불리는 가공할 폭풍도 그 와중에 만들어지게 된다.

놀랍게도 그는 노지즈 해역 정도는 차 한 잔 마실 정도면 가볍게 종단할 수 있으며, 인접한 아르아브 해역도 이로이다 대륙의 시간으로 반나절이면 충분히 주파할 수 있는 가공할 속도를 가진 터였다.

그렇다 보니 누베스 대륙에서 수드 대륙으로 이동하는 것쯤이야 마치 순식간이라 느껴질 정도로 짧은 시간이 걸릴 수밖에 없는 것이다.

그런데 더욱 놀라운 사실은 푸르푸레우스가 가진 이 엄청난 이동 속도로도 그는 이 방대한 차원의 바다에 존재하는 해역들의 극히 일부밖에 가보지 못했다고 하니, 그야말로 그것은 이 차원의 바다가 얼마나 방대한지를 방증하는 것이라 할 수 있으리라.

어쨌든 푸르푸레우스 덕분에 수드 대륙으로 순식간에 들어온 무혼은 곧바로 다크 포탈 제거 작업에 돌입했다.

"최대한 빨리 다크 포탈을 찾아라, 피루스."

"예, 로드."

누베스 대륙에서 다크 포탈을 찾는 데 애를 먹었던 무혼은 피루스를 환계에서 즉각 소환했다. 마물 피루스는 마족들이 아무리 은밀한 곳에 숨어 있어도 감지해 내는 아주 특별한 능력이 있기 때문이었다.

자잘한 마족들 따위는 신경 쓸 필요가 없었다. 다크 포탈만 제거하면 수드 대륙은 저절로 용자의 세계로 편입될 것이다. 그 와중에 살아남은 나머지 마족들은 무혼의 가디언 로아탄들이 소탕하게 두고, 무혼은 다른 마계 대륙을 찾아 나서기로 했다.

그렇게 무혼은 수드 대륙을 필두로 마왕 유레아즈에게 속한 마계 대륙들을 빠른 속도로 용자의 세계로 편입시켜 나갔다. 이로이다 대륙의 시간으로 불과 두 달 정도가 지났을 무렵 유레아즈에게 속한 마계의 대부분이 무혼의 세계로 들어왔다.

어느덧 유레아즈의 마계는 고작 다섯 군데를 남겨두고 있는 상황!

이 5개의 대륙만 점령하고 나면 드디어 마왕 유레아즈가 웅크리고 있는 마왕궁이 실체를 드러내게 되고, 비로소 유레아즈의 본신을 제거할 수 있게 될 것이다.

그중 하나인 브라치 대륙.

무혼은 지체 없이 유레아즈의 제5 마계인 브라치 대륙으로 진입했다.

츠으으웃!

차원의 바다에서 브라치 대륙으로 향하는 차원의 문을 통과하자 광활한 대륙의 모습이 드러났는데, 놀랍게도 그곳은 완전히 폐허로 변해 있었다.

인간이건 이종족이건 아무것도 남아 있지 않았다. 그들이 거하던 도시나 마을은 처참하게 부서져 버렸다.

살아 있는 인간은 물론이요, 이종족 하나 보이지 않았다. 아무리 마계라 하지만 어찌 이토록 처참할 수 있다는 말인가.

그중 특히 무혼을 분노케 한 것은 잔혹한 살육의 잔해들이었다. 사람들의 목을 잘라 그 머리들로 산을 쌓아 놓았는데, 그러한 산들이 한두 개가 아니었다.

꿈에도 보기 싫은 목불일견의 참상! 인두(人頭)의 산으로부터 흘러내리는 피가 강과 바다를 이루고 있는 모습을 보면 이 끔찍한 살육이 벌어진 지가 얼마 되지 않았음을 알 수 있었다.

'불과 며칠 전에 벌어진 일이군.'

무혼의 두 눈이 검게 번뜩였다. 그 순간 인두의 산 위에 흑색 구름으로 이루어진 결계가 생성되었다.

스— 스스스.

그것은 흑마법의 주문으로 만들어진 환영 결계였다. 무혼은 그 결계를 통해 며칠 전 이곳 브라치 대륙에서 어떤 일이 벌어졌는지를 볼 수 있었다.

아악! 아아아악! 살려 주……으아악!

도처에서 참혹한 비명성이 난무했다. 수많은 마족들과 마물들이 인간과 이종족들을 무참히 학살하고 있었다.

"죽여랏! 이 대륙에 살아 있는 것들은 모조리 말살하라는 유레아즈 마왕님의 명령이 떨어졌다!"

"깔깔깔깔! 알고나 죽어라. 이 모든 건 바로 마왕님을 분노케 한 가소로운 용자 놈 때문이라는 것을!"

"살육의 축제를 벌여라! 인간들의 목을 잘라 인두의 산을 쌓으라셨다!"

"쿠카카캇! 아주 멋지군. 며칠 후 이것을 보는 용자 놈의 얼굴이 아주 볼만하겠는걸."

마족들이 작정하고 살육을 자행하자 인간이나 이 종족들은 저항하지 못했다.

아악! 으아아악! 끄아악! 사, 살려 줘……아악!

결계를 통해 얼마 전에 벌어진 장면을 묵묵히 지켜본 무혼의 두 눈빛이 착 가라앉았다.

'놈이 나를 조롱하고 있다.'

마족들은 무혼이 올 것을 알고 있었다. 그들은 마치 무혼에게 보란 듯 살육을 벌인 것이었다. 유레아즈의 명령에 의해 말이다.

대체 무엇 때문일까? 유레아즈는 왜 이런 살육을 벌인 것일까? 그 이유를 아는 건 어렵지 않았다.

"마왕들은 자신이 가질 수 없는 것들은 남도 가질 수 없게 만드는 습성이 있지. 빼앗기느니 차라리 없애 버린다는 뜻이야. 그나마 이 정도는 약과라네. 예전엔 하나의 해역에 속한 모든 세계를 말살시켜 버린 놈도 있었으니까."

푸르푸레우스의 말이었다. 무혼은 무겁게 고개를 끄덕였다.

"마왕이란 그러고도 남을 놈들이오. 그래서 내가 그놈들을 없애 버리려는 것 아니겠소? 어쨌든 내가 조금만 빨리 왔으면 이런 참상을 막을 수 있었을 텐데 심히 안타깝군."

"설사 자네가 더 빨리 이곳에 왔다 해도 달라질 것은 없어. 그랬다면 마왕은 그보다 며칠 앞서 이 일을 저질렀을 테니까. 아무튼 나는 이런 꼴이 보고 싶지 않아 세속의 일에는 참견을 거의 안 하는 편이지. 이런 걸 보면 지금도 기분이 참 더럽단 말이야. 용자가 마왕을 죽이건, 마왕이 용자를 죽이건, 내가 보기엔 다 그놈이 그놈 같아서……. 아, 물론 자네가 그렇다는 건 아니고. 무혼 자네는 예외야. 허헛!"

"날 어떻게 보든 상관없소."

무혼이 힐끗 노려보자 푸르푸레우스는 어색한 웃음을 지으며 말했다.

"지금이야 만사가 귀찮아져서 이러고 지내지만 나도 예전엔 그래도 제법 마왕 놈들을 혼내주곤 했지. 인간이나 엘프들에게 정의가 무엇인지 혹은 협의가 무엇인지 가르쳐주기도 했다네. 그러나 그것도 어느 순간 지겨워졌지."

푸르푸레우스는 오랜 세월을 세속 즉, 차원의 해역에 속한 세계들의 일에는 관심을 두지 않고 살아왔다고 했다. 그러다 간혹 마왕과 용자들간의 분쟁에 관여하기도 했지만, 어느 순간부터는 그 모든 것들에 환멸이 느껴졌다는 것이다.

사실 그러한 이유로 푸르푸레우스 뿐만 아니라 대부분의

초용족들은 세속에 별다른 관심이나 간섭을 하지 않는 편이었다. 간혹 그들에게 시비를 거는 이들을 혼내 주거나 노예로 삼는 경우는 있어도, 대놓고 나서서 마왕들을 소탕하거나 하는 일은 거의 하지 않았다.

그것이 바로 초용족이 절대 용자와 다른 점이었다. 그저 초월자로서의 유유자적하는 삶을 즐기는 초용족들과 달리, 절대 용자들은 자신의 힘이 닿는 데까지 마왕들을 소탕하고 타락한 용자들과 맞서 싸우기 때문이다.

무혼은 절대 용자(絕代勇者)다.

그래서인지 무혼으로서는 푸르푸레우스의 세속에 초연한 태도가 그다지 마음에 들지 않았다. 그가 작정하면 웬만한 해역에 있는 마왕들은 얼마든지 몰아낼 수 있을 텐데도, 그는 그러한 것에 관심이 없었다. 오로지 자신의 초월자적인 삶에만 관심이 있을 뿐.

하지만 그렇다 해도 어쩔 수 없다. 자신의 생각이 옳다고 그것을 그대로 남에게 강요할 수는 없기 때문이다.

더구나 무혼은 지금 푸르푸레우스의 도움이 필요한 상황이 아닌가. 푸르푸레우스는 노지즈 해역의 일에 실상 아무런 관심이 없지만 친구인 무혼을 도와 그의 능력을 발휘해 주고 있었다. 그의 도움이 아니었다면 무혼은 이토록 신속하게 마계를 정벌해 나갈 수 없었으리라.

무엇보다 새로운 것을 습득하는 데 있어서 타의 추종을 불허하는 무혼은 장차 푸르푸레우스의 불가사의한 이동 속도를 따라잡을 만한 깨달음을 얻는 중이었다.

차원의 바다를 누비는 차원질주술!

차원의 바다를 쾌속 질주할 수 있는 신비한 이동술이 존재할 줄이야. 그것은 무공이나 주술, 마법과는 전혀 다른 새로운 종류의 영역에 속했다. 무혼이 기존에 알고 있던 무공의 경공술이나 마법의 비행술과는 개념부터 달랐다.

"허허! 차원질주술은 오직 초월자만이 배울 수 있고 펼칠 수 있다네. 물론 나를 비롯한 일부 초용족들은 배우지 않아도 자연스레 깨달아지곤 하지. 하지만 절대 용자들 중에서도 간혹 초용족과 친한 이들은 차원질주술을 배워 차원풍을 일으키기도 한다 들었어. 자네는 내 친구이니 차원질주술이야 얼마든지 가르쳐 주도록 하지."

뭐든 새로운 것을 배우게 되면 기초가 중요하다. 그리고 기초를 닦을 때가 가장 귀찮고 힘들게 마련이다.

그러나 무혼은 귀찮아하지 않고 차원질주술을 기초부터 수련했다.

"차원질주술에는 기초, 초급, 중급, 상급의 네 단계가 존재하네."

차원질주술에도 단계가 존재하고 꾸준한 수련을 통해서

만 단계를 상승시킬 수 있었다. 물론 초용족은 별다른 노력을 하지 않아도 시간이 흐르면 중급의 경지까지는 자동적으로 이른다 했지만.

기초 단계는 말 그대로 기초였다. 주로 깨달음의 영역에 있다 보니 절대 용자들은 불과 하루 정도면 기초 단계를 벗어날 수 있다 했다. 무혼은 불과 한 시간 만에 기초를 돌파했으니까.

계속해서 기초 단계를 벗어나 초급의 경지에 이르면 더이상 차원의 보주와 같은 신외지물에 의존하지 않아도 차원의 바다를 평범한 바다처럼 이동할 수 있게 된다.

그 이유는 그때부터는 차원의 바다에 존재하는 가공할 차원력에 아무런 영향을 받지 않게 되기 때문이었다. 따라서 차원의 바다에서 수영을 하거나 심지어 심해로 잠수를 해도 된다.

"허허! 자네 차원의 바다의 심해에 가본 적 있나? 당연히 없겠지. 그곳은 차원의 해역이 아닌 또 다른 영역이라네. 사실상 전혀 다른 차원의 영역이라는 말이지."

"전혀 다른 차원의 영역이라니 그게 무슨 말이오?"

"혹시 에후드 아마나의 세계에 대해서는 알고 있나?"

"그야 물론이오."

"그렇다면 에후드 마나의 세계에서 차원의 바다는 아주

일부에 불과하다는 것도 알고 있겠군."

무한대로 펼쳐진 차원의 바다. 노지즈 해역과 같은 해역들이 무수히 많이 존재하는 차원의 바다도 실상 에후드 아마나의 거대 세계 속에서는 극히 일부에 지나지 않는다고 했다. 차원의 서에 있는 내용이었다.

"그렇다고 알고 있소."

"그걸 알고 있다면 이해가 쉽겠군. 차원의 바다 아래에 존재하는 심해에는 에후드 아마나의 또 다른 세계들이 존재하지."

"당신은 가 본 적 있소? 그곳엔 뭐가 있소?"

"나중에 시간이 나면 직접 가 보게. 아마 색다른 경험이 될 거야."

"색다른 경험이라?"

푸르푸레우스는 그에 대한 내용은 더 이상 말하지 않았다. 무혼 또한 두 번 묻지 않았다. 궁금하면 나중에 직접 가 보면 저절로 알게 될 것이다. 무혼은 이미 차원질주술이 초급의 단계에 이르러 있으니 말이다.

차원질주술이 중급의 경지에 도달하면 차원의 바다 위를 새처럼 날 수 있게 되는데, 그 속도는 가히 빛을 방불케 할 정도라 했다. 이때는 자신뿐 아니라 자신이 타고 있는 함선이나 비행선 등도 동일한 속도로 이동이 가능했다.

무혼이 만일 중급의 경지에 이르게 된다면 노지즈 해역 정도는 하루에 왕복이 가능해질 것이다. 이로이다 호를 타고서도 말이다.

그러다 꾸준한 수련을 통해 상급의 경지에 도달하면 비로소 차원풍을 일으킬 정도의 불가사의한 속도를 낼 수 있다는데, 현재 푸르푸레우스가 바로 상급의 단계에 있었다.

"상급 위의 단계는 없소?"

"있다는 말은 들었지. 특이하게 초용족 중에는 없고 극소수의 절대 용자들 중에 차원질주술의 새로운 경지를 개척한 자들이 있다 들었다네. 무혼, 자네도 나중에 한 번 돌파해 보게. 나는 별로 관심 없어. 이 정도도 충분히 빠른데 더 빨라 봤자 무슨 의미가 있겠나."

무혼은 고개를 끄덕였다. 푸르푸레우스의 말도 틀린 말이 아니었다. 그러나 어떤 상황에도 안주하지 않는 무혼의 성격상 추후 상급의 경지에 이르면 그 이상의 경지도 넘볼 것은 분명했다.

츠으읏!

그때 무혼의 앞쪽에 흑색의 마법진이 생겨나더니 피루스가 그 위에 나타나 허리를 꾸벅 숙이며 말했다.

"로드, 브라치 대륙의 다크 포탈을 찾았습니다."

"수고했다."

무혼은 피루스가 만든 마법진을 타고 다크 포탈이 있는 곳으로 이동했다. 그곳은 마족들이 거하던 마궁이 있던 자리로, 마궁의 건물들은 마족들이 달아나며 모조리 파괴해 폐허로 변해 버렸다.

유일하게 남아 있는 것이 다크 포탈! 무혼은 곧바로 그것을 파괴했다.

콰아앙! 쿠콰콰쾅—

다크 포탈은 그저 단순한 포탈 마법진이 아니라 해당 세계를 마왕의 권역 즉, 마계로 만드는 결계와 같은 것이었다. 그렇다 보니 이 저주받은 포탈을 파괴하는 것은 어지간한 힘으로는 불가능했다.

인간이라면 적어도 소드 마스터 이상의 검사들이 오러 블레이드를 통해 공격을 가해야 했고, 마법사들도 마스터급의 마법사가 아니라면 엄두도 내지 못할 일이었다. 보통은 드래곤들이 나서서 다크 포탈을 제거하는 경우가 많았다.

그러나 안타깝게도 브라치 대륙은 인간은 물론이요 드래곤 하나도 살아남아 있지 않은 죽음의 대륙이 되어 버렸다. 이는 다크 포탈이 사라진다 해도 환호할 만한 이들이 아무도 없다는 말이었다.

말 그대로 죽음의 땅.

그래도 어쩌겠는가. 용자의 세계에 편입된 이 대륙을 버릴 수는 없는 일. 비록 지금은 죽음의 땅이 되어 버렸지만 머지않아 이 땅에 인간이나 이종족들이 찾아와 자리를 잡을 수 있게 해야 할 것이다. 아니면 정령들이라도.

"이곳은 우리에게 맡기시오."

불의 정령왕 나룬이 화염검을 휘둘러 모든 시신을 태웠다. 물의 정령왕 아쿠아는 폭풍과 홍수를 일으켜 참담했던 모든 살육의 흔적을 지웠다. 그렇게 브라치 대륙은 다시 태어나는 중이었다.

그사이 무혼은 다시 유레아즈의 제4 마계인 밀레스 대륙으로 진입했다. 불행하게도 그곳의 상황은 브라치 대륙과 동일했다.

계속해서 제3 마계인 자곤 대륙, 제2 마계인 코디코스 대륙, 마지막으로 제1 마계인 노모스 대륙까지 유레아즈는 완벽한 죽음의 땅으로 만들어 놓았다.

무혼이 노모스 대륙의 다크 포탈을 제거하자 드러난 마왕궁! 그러나 그곳도 이미 폐허로 변한 터였다. 마왕 유레아즈는 물론이요 그의 부하 마족이나 마물 하나의 흔적도 찾을 수 없었다.

남아 있는 것은 오직 루트 오브 다크니스뿐.

Chapter 3
절대 용자의 성해역

츠으으으—

사이한 빛을 발하는 거대한 암흑의 소용돌이!

이것이 바로 노지즈 해역에 존재하던 유레아즈 마왕의 모든 다크 포탈의 근원이 되는 루트 오브 다크니스였다. 오직 마왕들만 만들 수 있는 것으로, 이것이 있어야 그들의 권역이 생성되게 된다.

만일 이것을 먼저 발견해 파괴하면 속하 마계에 있는 다크 포탈들을 파괴하지 않아도 저절로 그것들은 소멸되게 되는데, 마왕이 작정하고 마왕궁의 좌표를 숨겨 놓으면 찾을 방도가 없었다. 지금처럼 모든 속하 마계를 점령한 후에야 찾아낼 수 있는 것이다.

콰아아아아앙—!

곧바로 무혼에 의해 유레아즈의 루트 오브 다크니스가 파괴되었다. 노지즈 해역에서 마왕 유레아즈의 모든 세력이 완전히 소멸되는 순간이었다. 그러나 정작 악의 근원인 마왕과 그의 부하들은 달아난 터였으니.

'유레아즈! 네놈이 나를 피해 달아날 수 있다 생각하느냐? 기다려라. 넌 반드시 내 손에 죽는다.'

무혼은 당연히 유레아즈를 이대로 놔둘 생각이 없었다. 그가 설령 아득한 차원의 바다 끝까지 달아난다 해도 악착같이 쫓아가서 없애 버릴 것이다.

그러나 지금은 그보다 시급한 문제가 있었다. 유레아즈는 사라졌지만 노지즈 해역에 또 다른 마왕의 세력이 존재하지 않은가.

마왕 콘딜로스!

일단 그와 그의 세력을 박멸해 노지즈 해역을 용자의 성 해역으로 만드는 것이 우선이리라.

무엇보다 유레아즈가 벌인 무참한 살육을 콘딜로스 또한 벌이지 않겠는가. 그러한 생각이 들자 무혼의 마음은 조급해지지 않을 수 없었다. 무혼은 지체하지 않고 콘딜로스의 마계를 점령해 나갔다.

푸르푸레우스로 인해 각각의 마계로 이동하는 시간이 거의 소모되지 않은 덕분에 무혼은 대략 석 달 만에 콘딜로스의 65개 마계에 존재하는 다크 포탈을 모두 제거하는 데 성공했다.

특이한 일은 콘딜로스의 마계에서는 브라치 대륙에서 벌어졌던 것과 같은 무참한 살육은 일어나지 않았다는 사실이었다.

무혼은 모르고 있지만 당시 콘딜로스는 무혼에 의해 분신이 파괴된 이후 본신에도 적지 않은 타격을 받은 터라 미처 그런 짓을 할 생각도 못 했다. 그저 달아나기에 급급했을 뿐.

그러나 유레아즈의 경우는 갑자기 콘딜로스가 달아나는 것을 보고 많은 고심을 한 터였다. 그리고 과연 무엇 때문에 콘딜로스가 노지즈 해역을 떠났는지를 알아냈다.

절대 용자의 출현!

그는 노지즈 해역에 속한 마계들이 불가사의한 속도로 용자에게 복속되는 것을 보게 되자, 비로소 무혼이 절대 용자임을 알게 되었고, 그 역시 노지즈 해역을 떠나기로 결심했다.

보통이라면 이 경우 콘딜로스처럼 미친 듯 달아나야 정상이지만, 그는 마지막 분풀이로 휘하 다섯 개 마계에 다급히 말살 명령을 내린 것이었다. 힘으로 맞서지 못하니 그렇게라도 해서 용자에게 고통을 가하기 위함이었다.

그러한 배경을 무혼이 어찌 알 수 있겠는가. 그로서는 마왕들이 모두 달아났다는 것에 분노하고 있을 뿐.

'반드시 찾아내 죽인다. 놈들을 죽이지 않으면 또 다른 해역에서 같은 짓을 되풀이할 것이다.'

차원의 바다에 존재하는 모든 마왕들을 제거할 수는 없어도 유레아즈와 콘딜로스만은 절대 살려 둘 생각이 없었다. 그것은 노지즈 해역의 절대 용자로서 마땅히 수행해야 할 사명과 같은 일이리라.

콰아아아앙!

곧바로 마지막 남은 콘딜로스 마왕궁의 루트 오브 다크니스 또한 무혼에 의해 파괴되었다. 이로써 노지즈 해역의 모든 세계들은 무혼의 세계로 병합되었고, 노지즈 해역은 절대 용자의 성해역이 되었다.

무려 133개나 되는 세계가 속해 있는 거대한 해역이 하나로 통합되었고, 그 모든 것의 중심에는 용자의 성이 세워졌다.

이전까지는 용자의 성이 이로이다 대륙의 트레네 숲에 위치해 있었지만, 성해역이 된 지금은 차원의 바다 위에 떠 있는 거대한 섬 위에 존재했다.

동시에 133개의 세계 모든 곳에도 성이 세워지고 그 성들은 용자의 성과 포탈을 통해 서로 연결이 되었다. 무혼은 133개의 세계에 건축한 성들마다 드래곤이나 상급 정령들을 파견해 그 성들을 관리하게 했다.

그 성들은 특별한 마법진으로 인해 철저히 감춰져 있기에 각각의 세계에 속한 사람들은 발견할 수 없었다. 심지어 그들은 자신들이 속한 세계가 절대 용자의 성해역이 되었다는 사실조차 알지 못했다.

한때는 마족들에게 지배받다가 비로소 자유를 얻은 하스디아 대륙의 종족들도, 혹은 지금껏 마족의 지배를 한 번도 받은 적이 없는 이로이다 대륙의 종족들도, 각각 자신들의 대륙 외에 또 다른 대륙이 존재한다는 사실을 아는 이는 없었다.

각각의 대륙들이 고작 하나의 세계에 불과할 뿐이고, 이노지즈 해역에 그러한 대륙이 133개나 존재한다는 것은 물론이요, 차원의 바다에는 이러한 해역이 무수히 많다는 사실은 아직 용자와 용자의 권속들 이외에는 알지 못하는 비밀이었다.

용자는 마왕이나 사악한 피라타, 타락한 용자들로부터 해역을 지키는 것에 집중해야 한다. 각각의 세계들은 그 세계의 종족들이 알아서 살아갈 수 있게, 되도록 간섭하지 않아야 한다는 것이 차원의 서에 나와 있는 용자로서 마땅한 방침이었다.

물론 그것은 어디까지나 책에 나와 있는 일종의 권장사항일 뿐 각 세계를 어떻게 다스릴지는 용자의 자유일 것이다.

무혼은 웬만하면 속하 세계의 일에 세세히 간섭하고 싶지 않았지만, 그렇다고 아주 방관을 할 생각은 없었다. 도움이 필요한 문제가 생긴다면 언제든 도움을 줄 생각이니까.

그리고 그에 대한 판단은 각 세계의 수호자로 파견된 드래곤들이나 정령들에게 맡겨 두었다. 만일 수호자들이 해결하기 힘든 문제가 생기면 그 즉시 용자의 성에 보고해 도움을 요청하도록 했다.

그때는 용자의 성 총사(總師)인 엘리나이젤이 주축이 되어 회의를 열고 그 세계에 취할 조치를 결정하게 된다. 회의에는 드래곤들이나 정령들이 다수 참여하게 되는데, 그들로서도 해결하기 힘든 난제가 발생할 경우에는 현자 루인이 관여하게 된다.

성해역이 된 노지즈 해역에서 현자 루인의 힘으로도 부칠 만큼 대단한 일이 벌어질 리는 없겠지만, 혹시라도 그런 일이 벌어질 때는 비로소 무혼에게 그 사건이 보고되게 된다. 그렇게 아주 대단하고 특별한 일이 벌어지지 않는 한 무혼은 속하 세계의 일에는 관심을 두지 않을 것이다.

무혼은 오직 마왕이나 피라타들을 상대하는 데 관심이 있을 뿐이다. 다만 용자의 성을 중심으로 한 모든 체계가 안정되는 사이, 무혼은 이전에 약속했던 대로 루인을 이로이다 호에 태우고 노지즈 성해역의 바다를 여행하는 시간을 보내기로 했다.

* * *

좌아아아!

이로이다 호가 거친 물살을 가르고 바다에 나갔다. 얼마 전까지만 해도 이로이다 호는 트레네 숲의 하늘 호수에 있는 부두에 정박해 있다가 출항했지만, 이제는 그 장소가 노지즈 성해역의 은밀한 곳에 존재하는 용자의 성 부두로 바뀌었다.

현자 루인의 거처도 용자의 성 내부에 멋진 저택으로 제공되었고, 그곳에서 루인은 부친 알렌과 기사 탈룬 등과 함께 거했다. 다만 알렌 등은 심심하고 무료한 용자의 성에서 지내기보다 트레네 숲이 편하다며 하늘 호숫가에 있는 별장으로 자주 놀러 가곤 했다.

루인 역시 용자의 성과 트레네 숲을 수시로 왕복하는 편이었다. 용자의 성을 둘러싼 신비로운 차원의 바다를 감상하는 것 못지않게 트레네 숲의 하늘 호수를 바라보는 것이 마음에 즐거움을 주었기 때문이다.

하늘 호수는 그녀의 고향처럼 아늑하고 편안했다.

오늘도 만일 무혼이 약속을 지킨다며 그녀를 이로이다 호에 태우지 않았다면 아마도 루인은 엘프들과 하늘 호숫가를 거닐며 모처럼의 여유를 즐겼을지도 모른다.

그러나 그녀는 무혼이 여러 일로 바쁜 와중에도 그녀와의 약속을 지킨다며 특별히 시간을 내준 것에 매우 감동했다. 그동안 겉으로 내색은 안 했지만 그녀가 오늘과 같은 순간이 오기를 얼마나 기다렸는지 무혼은 알지 못할 것이다.

단둘만의 항해.

이 거대한 마왕투함 급의 함선에는 무혼과 루인 단둘만 탑승하고 있었다. 오르덴들과 드래곤들은 휴가 중이었다. 노지즈 성해역의 모든 항해 좌표는 팔찌의 자아인 소옥이 손바닥 보듯 환하게 알고 있기에 차원 측량사 슈타딘도 휴가를 보냈다.

그밖에 또 일행이 있다면 돛대 위에서 한가로이 낮잠을 즐기고 있는 자색 깃털의 새 한 마리와 갑판 위를 어슬렁거리며 돌아다니는 붉은 털의 고양이 한 마리였다.

이들은 심심하다는 이유로 무혼과 루인의 항해 여행을 따라왔고, 무척 지루해하고 있는 중이었다. 하긴 평화로운 성해역에서 마왕이나 피라타가 출몰하는 것과 같은 뭔가 신 나는 일이 발생할 리 만무하지 않겠는가.

그러다 보니 항해는 매우 지루해질 수밖에. 그저 함께 있기만 해도 즐거운 두 사람은 예외겠지만.

붉은 털의 고양이 포티아는 시종 하품을 하며 어슬렁거리다 불현듯 돛대 위에서 낮잠을 즐기고 있는 자색 깃털 새를 노려봤다.

'그러고 보니 저 새는 뭐냐옹?'

포티아는 자색 깃털을 가진 새가 돛대 위에 앉아 있다는 것이 매우 흥미롭게 여겨졌다. 그의 두 눈이 이글거렸다.

'로아탄도 아니고, 정령도 아니다옹. 드래곤은 당연히 아니고⋯⋯. 흠, 내가 정체를 파악할 수 없다니 신기한 녀석이다옹.'

새를 노려보는 포티아의 뾰족했던 턱이 사각으로 넓어졌다. 은빛의 긴 수염들이 옆으로 슥슥 일어났다.

이는 포티아가 뭔가 매우 흥미진진한 일을 발견했을 때 입가에 무의식적으로 미소를 지으며 벌어지는 현상이었다. 흡사 개구쟁이와 같이 번들거리는 눈빛을 반짝이며 포티아는 살금살금 돛대 위를 기어 올라가 자색 깃털 새를 덮쳤다.

획—

그러나 새는 마치 포티아의 기습을 알고 있었다는 듯 가볍게 몸을 날려 피해 버렸다.

푸득.

새는 힘차게 날갯짓을 하며 입가를 비틀었다.

키득.

새가 기괴한 눈빛을 하며 조소를 보내자 포티아는 약이 올라 다시 덤벼들었다. 그의 동작은 얼핏 보면 우스운 모양새였지만 어지간한 드래곤이라 해도 피할 수 없을 만큼 쾌속했다.

하지만 여전히 포티아는 헛발질만 했을 뿐 새의 깃털 하나도 붙잡지 못했다. 오히려 새의 부리에 머리를 한 대 쪼였을 뿐이다.

"괘씸한 놈!"

"끼앙!"

새가 호통을 날리며 머리를 쪼는 순간 포티아는 눈물이 쏙 나오고 말았다. 이 정체불명의 자색 깃털 새는 결코 만만한 상대가 아니었다.

'으으! 저놈 정체가 뭐냐옹?'

포티아는 아직 그 새의 정체를 모른다. 사실 무혼을 제외한 그 누구도 새의 정체는 알지 못했다. 초용족 푸르푸레우스가 굳이 자신을 드러내지 않는 이유도 있었고, 무혼 또한 굳이 그의 정체를 밝히고 싶은 생각이 없었기 때문이었다.

　다행히 푸르푸레우스는 포티아의 도발을 귀엽게 생각할 뿐 별달리 언짢아하지 않았다. 오히려 심심하던 차에 잘되었다는 듯 포티아를 살살 약 올리며 장난을 걸었다.

　푸득! 푸드드득!

　"나 잡아 봐라!"

　"못 잡을 것 같냐옹?"

　덕분에 포티아는 지루하지 않았다. 수시로 푸르푸레우스가 장난을 걸어 오니 지루할 틈도 없었다.

　그렇게 고양이와 새가 돛대 위를 누비며 장난을 치는 모습을 선미루의 갑판 위에서 루인이 흥미롭게 지켜봤다.

　"루인."

　그런 그녀를 향해 무혼이 다가왔다. 루인이 그를 쳐다봤다. 강인하지만 여자보다 아름다운 미안을 지닌 그는 언제 봐도 눈부셨다. 지금처럼 살짝 미소를 짓고 있을 때는 더욱.

　그러나 루인이 그런 생각을 하는 것 못지않게 무혼도 그녀의 아름다운 외모에 마음이 들떠 있는 터였다. 신비한 자줏빛 머리카락 사이로 반짝이는 루인의 맑은 두 눈 속에는 무혼이 항상 바라던 무엇이 있었다.

구체적으로 그것이 무엇인지는 모른다. 잔잔한 호수와 같은 평화로움일 수도 있고, 어쩌면 무혼이 그토록 바라 마지않는 자유로움일 수도 있었다. 확실한 건 그녀의 맑은 눈빛을 바라보고 있으면 마음이 즐거워진다는 것.

"차원의 바다를 항해하는 기분이 어떠시오?"

"글쎄요. 그냥 담담해요."

"담담하다? 그럼 별다른 감흥이 없다는 것이오?"

"그건 아니고 요즘 갑자기 너무 많은 일들이 벌어지니 정신이 없나 봐요."

마왕의 음모에 속은 정령왕들에 의해 하마터면 죽을 뻔했던 루인. 그 이후로 무혼이 순식간에 노지즈 해역을 제패한 후 새롭게 용자의 성이 차원의 섬 위에 만들어졌다. 그 와중에 그녀 역시 정신없이 바빴음은 말할 것도 없다.

무혼이 웃었다.

"사실 차원의 바다는 생각했던 것처럼 그렇게 신비롭지만은 않소. 종종 변하는 바다의 색이나 기이한 몇 가지 현상들을 빼면 그냥 보통의 바다를 여행하는 것과 다를 게 없으니 말이오. 그래서 어쩌면 꽤 지루할 수도 있소."

"지루하긴요."

지루할 리가 있을까? 별다른 볼거리가 없어도 루인은 그저 무혼과 함께 여행을 하는 것만으로도 충분히 행복하고 즐거웠다.

또한 차원의 바다는 결코 볼거리가 없지 않았다. 용암처럼 끓어오르는 염해류나 상공으로 이어진 무지개 기류와 같은 이상 현상들을 지켜보는 것은 루인에게 매우 신기한 경험이었으니까.

무혼이 문득 말했다.

"루인, 혹시 내게 원하는 소원이 있으면 아무거나 말해 보시오."

"소원이요?"

루인이 눈을 크게 뜨자 무혼이 씩 웃었다.

"그렇소. 내가 할 수 있는 것이면 뭐든 들어주겠소."

루인은 무혼이 뜬금없이 소원을 말하라 해서 놀라긴 했지만, 그가 그녀를 위해 뭔가를 해 주고 싶어 한다는 것을 느끼고는 마음이 설레었다. 하지만 막상 소원을 말하자니 왠지 어색했다.

"괜찮아요. 지금 이 약속을 지킨 것만으로도 충분한 걸요."

"정말 내게 아무것도 원하는 것이 없소?"

"아무것도 없진 않지만."

"후후, 괜찮으니 부담 갖지 말고 말해 보시오."

어쩌면 앞으로 무혼은 또다시 무척 바빠질지도 모른다. 달아난 유레아즈와 콘딜로스 마왕을 해치우러 가는 것도 그렇고, 아무래도 지금처럼 루인과 함께 단둘이 여행을 할 만큼 한가롭기란 쉽지 않을 것이다.

그래서 무혼은 지금 루인에게 자신이 할 수 있는 거라면 어떤 것이든 다 들어주고 싶었다. 루인 역시 그러한 무혼의 의도를 알았다.

"그냥 잠시 당신과 삶의 소소한 행복을 누려 봤으면 좋겠어요."

"삶의 소소한 행복이라면?"

"절대 용자 무혼과 현자 루인이 아닌 그냥 평범한 인간 무혼과 루인으로서의 행복 말이에요. 물론 쉽진 않은 일이 겠죠."

이미 평범함을 한참 벗어난 사람들이 평범한 사람들과 같은 행복을 누릴 수 있을까? 루인의 말대로 결코 쉬운 일이 아니리라.

그런데도 루인이 이와 같은 소원을 말했다는 것은 그녀에게 있어 비범한 자들이 누리는 행복보다 평범한 사람들이 누리는 행복이 오히려 크게 느껴지기 때문인지도 모른다.

삶의 소소한 행복이라니. 과연 그런 게 뭐가 있을까? 무혼은 잠시 고심하다 이내 루인의 어깨를 감싸며 부드럽게 웃었다.

"쉽진 않겠지만 물론 어려운 일도 아니오. 당신의 그 소원을 접수하겠소, 루인."

*　　*　　*

차원의 바다를 누비던 이로이다 호는 하나의 세계로 진입했다. 노지즈 성해역에 속한 세계 중 하나인 로드리아 대륙이었다.

본래는 콘딜로스 마왕의 마계였다가 무혼의 세계로 편입된 로드리아 대륙은 자연경관이 매우 볼만했다. 웅장한 산맥과 폭포, 그리고 특히나 아름다운 호수들이 많았다.

"이곳 로드리아 대륙은 하늘 호수 못지않은 아름다운 호수들이 많이 있소."

무혼이 로드리아 대륙에 들어온 이유 중에는 루인에게 그 호수들을 보여주기 위함도 있었다. 과연 호수를 좋아하는 루인은 매우 신이 난 터였다.

"정말 멋져요. 이렇게 아름다운 대륙이 불과 얼마 전까지 마계였다니. 잘 실감이 나지 않는군요."

무혼은 고개를 끄덕였다.

"이곳은 원래 누베스 대륙과 비슷한 처지에 있었소. 마족들이 인간들을 배후에서 조종하며 그들을 돈의 노예로 만들었소."

누베스 대륙에 대한 내용은 이미 루인도 전해 들은 바 있었다. 귀족과 관원, 시민으로 나뉘어 귀족들이 시민들을 사악하게 착취해 온 배경에 마족들이 있었다는 사실에 루인도 얼마나 분노했던가.

그런데 로드리아 대륙도 그와 비슷한 곳이었다니. 이런 것을 보면 마족들은 배후에서 세상을 조종하며 인간들이 고통 받는 것을 즐기는 악취미가 있는 듯했다. 하긴 그들이 달리 마족이겠는가. 그런 사악한 일을 좋아하니 마족인 것이다.

어쨌든 이제 로드리아 대륙에 기생하던 사악한 마왕의 세력들은 사라졌다. 마족들과 더불어 파티를 즐기던 타락한 상귀족들도 제거되었고, 이제는 새로운 시대가 도래한 터였다.

현재 로드리아 대륙의 수호자는 차원의 바다에서 오래도록 오르덴들의 노예 생활을 하다 무혼에 의해 자유를 얻게된 드래곤 티란느. 그녀는 한동안 트레네 숲에서 휴식을 취하다 이번에 무혼에 의해 이곳 대륙의 수호자로 임명되었다.

실로 오랜만에 대륙의 수호자가 된 티란느는 자연스레 로드리아 대륙에 많은 애정을 쏟아 부었다. 특히 로드리아 대륙은 누베스 대륙과 비슷한 부분이 많다 보니 그곳 대륙의 수호자인 드래곤 레자르에게 도움을 받아 그와 흡사한 방식으로 도시들을 개혁 중이었다.

그러나 정작 로드리아 대륙의 사람들은 이 대륙에 수호자 드래곤인 티란느가 존재한다는 사실은 물론이요, 그녀가 이곳 대륙을 살기 좋게 만들기 위해 무척 노력한다는 사실을 전혀 알지 못했다. 티란느가 자신의 존재를 감춘 채 배후에서 관여하기 때문이었다.

심지어 누베스 대륙의 사람들처럼 이곳 대륙의 사람들도 자신들이 마족들의 지배를 받았다는 사실을 몰랐다. 그들은 그저 세상이 너무 살기 힘들고 괴롭다고 느꼈을 뿐 설마 자신들의 대륙이 콘딜로스 마왕의 마계 중 하나였음은 꿈에도 짐작 못 했다.

최근 그들의 화젯거리는 각 도시에서 벌어지고 있는 기적들이었다. 그 기적은 물론 도시의 제도와 정책들이 바뀐 것이었다.

시민들을 착취하던 상귀족들이 사라지고, 권위적이던 관원들이 매우 친절하게 변했다. 최저 임금은 올랐고, 집값과

식료품값은 떨어졌다. 그러다 보니 먹고 사는 문제에 있어서 걱정거리가 크게 줄어들었고 사람들의 표정도 많이 밝아졌다.

그러나 세상엔 먹고 사는 일 말고도 문제는 많지 않은가.

로드리아 대륙의 종족들 중 많은 이들이 그들을 오래도록 지배해 온 탐욕과 집착에서 여전히 벗어나지 못했다. 도시들은 매일 벌어지는 갖가지 추악한 사건들로 시끌시끌했다.

그나마 다행히 얼마 전 달의 엘프들이 로드리아 대륙을 순회하며 신비로운 연주를 통해 사람들의 선한 심성을 일부 회복시켜 주었다. 사람들이 만일 매일 지속적으로 달의 엘프들의 노래나 연주를 듣는다면 더 바랄 것이 없겠지만, 안타깝게도 달의 엘프들은 단둘뿐이다.

그들은 매우 바빴다. 엘프 베니뉴스와 레이탄트 등도 마찬가지. 모두들 노지즈 성해역에 속한 세계들을 계속 돌며 연주를 해야 하는 터라 언제 또다시 로드리아 대륙에 올지는 기약이 없었다.

그렇다고 언제까지 달의 엘프들의 연주를 기다리고 있을 수만은 없는 일. 로드리아 대륙의 일은 로드리아 대륙의 사람들이 해결해 나가야 할 것이다. 그것이 마왕이나 마족처럼 로드리아 대륙 내부의 힘으로 도저히 어찌할 수 없는 문제라면 용자가 나서 주겠지만.

또한 드래곤 티란느가 도와주는 것도 한계가 있었다. 수호자의 역할은 로드리아 대륙이 존속할 수 있도록 은밀히 수호의 임무를 행하는 데 있을 뿐 직접 지배하는 데까지 있지는 않으니까.

지금이야 마계에서 독립된 지 얼마 되지 않아서 좀 더 적극적으로 관여할 뿐이다. 조만간 적당히 대륙이 안정되면 그녀는 더 이상 인간이나 이종족들의 일에 세세하게 관여하지 않을 것이다.

"감히 외부 것들이 우리 구역을 넘보다니! 밟아 버렷!"

"크큭! 우리가 쉽게 당할 것 같으냐?"

로드리아 대륙의 도시 중 한 곳인 보뇌르. 그곳의 암흑가 뒷골목에서는 오늘도 치열한 구역 다툼이 벌어졌다. 힘깨나 쓴다 하는 불량배 패거리들이 서로 뭉쳐 조직을 만들었고 그들은 보뇌르 암흑가의 이권을 차지하려 애썼다.

지금 싸우는 이들은 보뇌르 암흑가를 양분하고 있는 양대 조직들이었다. 레드 서펀트는 최근 보뇌르에 들어온 신입 시민들이 구성한 조직인 반면, 다크 울프는 오래도록 보뇌르의 암흑가에 똬리를 틀고 있던 토박이 조직이었다.

이들은 거의 매일 싸움을 벌였고, 그러다 보니 평범한 시민들은 이들 조직들을 매우 두려워했다. 최근 들어 관원들이 친절해지긴 했지만 그들은 밤거리의 부랑배들로부터 시민들을 보호해 주진 못했다.

법은 멀고 주먹은 가깝고. 아직 보뇌르의 치안은 형편없는 수준이었다. 드래곤 티란느가 아무리 기를 써도 그녀 혼자의 힘으로 수천 개도 넘는 도시를 다 신경 쓰기란 불가능한 일이니까.

"으! 또 시작이구만. 이거 밤거리가 무서워서 어디 나다니겠나."

"빌어먹을! 귀족들이 사라지고 나자 이젠 저런 몹쓸 것들이 더 설치며 우리들을 괴롭히니 이래저래 힘없는 놈들은 세상 살기 힘들단 말이야."

"제길! 그러게 말일세."

근처의 작은 선술집에서 싸구려 술을 한잔 걸친 두 중년 사내는 밤거리에서 벌어지는 험악한 싸움 장면을 힐끗거리며 몸을 움츠렸다.

그러다 그들은 멀리서 걸어오는 웬 외팔이 노인을 발견했다. 장발을 길게 뒤로 휘날리는 70대 후반의 노인. 그의 얼굴엔 고독이 짙게 배어 있었다.

언뜻 봐도 뭔가 심상치 않은 분위기를 풍기는 외팔이 노인은 그가 걸어가는 앞쪽에서 암흑가 조직들의 살벌한 난

투극이 벌어지고 있음에도 아랑곳하지 않았다.

저벅저벅.

외팔이 노인은 묵묵히 걸었다.

"당신은 뭐야? 거치적거리지 말고 비켜!"

그런 그를 우락부락한 인상의 사내 피일이 노려보며 외쳤다. 노인이 그 말을 무시하자 피일이 인상을 확 구기며 한 마디 더 했다.

"못 들었나, 영감? 비키란 말이야. 한 대 맞고 싶은 거야?"

그래도 노인이 대꾸를 안 하자 피일은 주먹을 날렸다.

"제길! 말로 해서 안 들으면 어쩔 수 없지."

퍼억!

제법 뒷골목 싸움을 많이 했는지 피일의 주먹은 쾌속하면서도 정확하게 외팔이 노인의 안면에 작렬했다.

'이상하군.'

피일은 고개를 갸웃했다. 방금 전 그의 주먹은 외팔이 노인의 안면에 정확하게 꽂혔다. 그렇다면 노인은 당연히 뒤로 무참히 나뒹굴어야 정상이었다. 그런데 노인은 꿈쩍도 하지 않았다. 그렇다면.

퍽!

피일은 한 대 더 주먹을 날렸다. 이번에는 좀 더 힘을 주어 가격했는데도 노인은 멀쩡했다. 이게 대체 말이 되는 일인가?

"그따위 힘으로 어디서 주먹질이냐? 기왕에 주먹질을 하려면 이렇게 하거라."

외팔이 노인의 입가에 비릿한 미소가 맺힌다 싶더니 그의 주먹이 빛살처럼 피일의 복부를 후려쳤다.

퍽!

"쿠어억!"

가죽 터지는 듯한 소리와 함께 피일이 입에서 피를 내뿜으며 뒤로 붕 날아갔다. 그의 몸은 뒤쪽에서 난투극을 벌이고 있던 자들과 함께 나뒹굴었다.

Chapter 4
푸르의 법

"으윽!"

"크으! 이게 뭐냐?"

피일은 입에 거품을 물고 기절한 상태. 그의 몸에 부딪혀 넘어졌던 이들이 벌떡 일어나 외팔이 노인을 노려봤다.

"저 노인네가 감히!"

"어디서 굴러먹던 영감이냐?"

그러자 외팔이 노인이 고개를 획 돌려 그들을 쏘아봤다. 그의 입가에 다시 비릿한 미소가 맺혔다.

"허허! 이 바닥에서 말이 뭐가 필요한가? 자신 있으면 덤벼 보아라. 누구든 나를 쓰러뜨리면 1만 젤을 주마."

"뭐, 뭐라고?"

순간 사내들은 어이가 없다는 표정을 지었다.

보뇌르의 최저 임금은 1젤이다. 본래는 40렐이었는데, 최근 특별한 정책으로 인해 100렐 즉, 1젤로 오른 터였다.

그런데 외팔이 노인이 자신을 쓰러뜨리면 1만 젤을 준단다. 그것은 평범한 이들이 수십 년 동안 일을 해도 만지기 힘든 돈이다.

"믿기 힘든가? 그럼 돈을 보여 주지. 허허!"

번쩍!

놀랍게도 노인은 주머니에서 백금으로 만들어진 화려한 전표를 꺼내 들었다. 전표에는 정확히 1만 젤이란 금액이 새겨져 있었다.

순간 그때까지 치열한 난투극을 벌이던 이들의 행동이 일제히 멎었다. 처음에는 모두들 황당하다는 눈빛을 보냈고, 그러다 그들의 눈빛은 이내 탐욕으로 번뜩이기 시작했다.

"정말이오? 당신을 때려눕히면 그 돈을 준다는 것이!"

부리부리한 안광을 내뿜으며 외치는 거한은 다름 아닌 다크 울프의 수장 덱스였다. 덩치와 달리 마치 바람처럼 빠른 주먹을 날린다고 해서 바람의 덱스라 불렸다.

그뿐이 아니었다. 덱스 못지않은 덩치의 장한이 키득거

리며 외팔이 사내를 향해 다가왔다. 그의 두 눈은 마치 먹 잇감을 발견한 오우거처럼 사납게 번들거렸다.

"영감, 그냥 그 돈을 내게 넘겨라! 내일 떠오르는 태양을 보고 싶다면 말이야. 쿠후후훗!"

주먹을 말아 쥔 장한의 팔뚝은 마치 쇠처럼 단단해 보였다. 그는 바람의 덱스와 함께 보뇌르의 전설적 주먹이라 불리는 붉은 독뱀 톨츠였다. 조직 레드 서펀트의 수장이기도 했다.

보뇌르 암흑가의 풍운아들이자 문제아들인 덱스와 톨츠는 감히 자신들의 앞에서 무려 1만 젤이나 되는 거액을 내보이며 실력을 과신하는 외팔이 노인의 행동에 심히 분노했다.

그들이 어찌 모르겠는가. 외팔이 노인은 지금 단순히 돈이 많다고 자랑질을 하는 것이 아니라, 보뇌르 암흑가에 당당히 도전장을 던진 것임을 말이다.

따라서 지금은 돈이 문제가 아니다. 만일 그들이 외팔이 노인을 때려눕히지 못하면 그동안 보뇌르에 쌓아왔던 그들 조직의 아성이 흔들릴 수밖에 없다.

문제는 외팔이 노인의 기세가 장난이 아니라는 것! 그렇다 보니 덱스와 톨츠 중 누구도 섣불리 외팔이 노인을 향해 달려들지 못했다.

그러자 외팔이 노인이 차갑게 웃으며 말했다.

"이후로 보뇌르에서 내 허락 없이 폭력을 휘두르는 놈은 절대 용서하지 않는다. 물론 언제든 도전은 허락하지. 누구든 나를 쓰러뜨리면 1만 젤을 주마."

순간 덱스와 톨츠가 서로 눈빛을 교환하며 고개를 끄덕였다. 둘은 앙숙이었지만 갑자기 나타난 외부의 강적을 격퇴하기 위해 일시적으로 손을 잡기로 한 것이다.

"퉤! 염병! 어디서 제법 힘깨나 쓰던 영감 같은데 고작 혼자서 어쩌겠다는 거냐? 더 이상 세상 살기 싫다면 도와줄 수는 있지. 크크크."

"크흐흐! 돈 좀 있다고 간에 바람이라도 들었나 보군. 지금이라도 용서를 빌고 그 돈을 바친 후 꺼지면 죽이진 않겠다."

덱스와 톨츠가 일제히 외팔이 노인을 향해 달려들었다. 바람의 덱스가 좌측, 붉은 독뱀 톨츠가 우측에서 각각 노인의 안면과 복부를 향해 주먹과 발을 날렸다.

휘익— 퍽!

나비처럼 날아가 벌처럼 쏜다! 덱스는 자신의 주먹이 노인의 안면에 정확히 꽂혔음을 알고 희열 어린 표정을 지었다.

휘획! 휘휘획— 퍼퍼퍽!

어지간한 이들의 눈에는 보이지도 않을 만큼 쾌속한 그의 주먹들은 순식간에 노인의 안면뿐 아니라 복부와 옆구리 등을 마구 난타했다.

퍼억!

그뿐이 아니다. 붉은 독뱀 톨츠는 노인의 가슴을 자신의 어깨로 가격함과 동시에 그의 몸을 번쩍 들어 바닥에 메다꽂았다.

콰앙!

얼마나 세차게 내던졌는지 땅이 다 울렸다. 설사 오우거와 싸워도 힘으로는 뒤지지 않으리라 자부하는 톨츠의 괴력이 발휘된 것이다.

이 모든 일은 순식간에 벌어졌다. 가까이서 지켜보던 덱스와 톨츠의 부하들뿐 아니라, 멀리서 숨죽여 구경하던 사람들 역시 감탄을 금치 못했다. 모두들 덱스와 톨츠가 왜 보뇌르 암흑가의 전설적인 주먹들인지를 새삼 확인한 터였다.

'우우! 정말 무시무시한 주먹이군.'

'굉장해! 저 끔찍한 괴력이라니.'

이 자리에 있는 그 누구도 외팔이 노인의 죽음을 의심치 않았다. 공연히 객기를 부리다 1만 젤이라는 거액을 빼앗기고 비참하게 죽은 외팔이 노인을 향해 동정심 어린 표정을 짓는 이들도 있었다.

스윽.

그런데 그 순간 쓰러졌던 외팔이 노인이 옷을 툭툭 털고 일어나는 것이 아닌가? 노인은 마치 아무 일도 없었다는 듯 여유로운 표정을 지었다.

"허약한 녀석들! 그것도 주먹이라고 휘두른 것이냐?"

조롱하듯 내뱉는 노인의 두 눈에서 붉은빛이 번쩍이는 순간 퍽, 소리와 함께 덱스의 몸이 허공으로 떠올랐다.

"쿠어어억!"

비참한 비명성과 함께 까마득한 상공으로 올라간 덱스는 자신의 몸이 이내 바닥을 향해 내리꽂히기 시작하자 정신이 반쯤 나가 버렸다. 이대로 바닥에 떨어지면 그의 몸은 날계란이 터지듯 무참히 박살 나버릴 것이다.

퍽!

그런데 그의 몸이 바닥에 닿기 직전 노인이 발로 그를 차올렸다. 덱스의 몸은 다시 까마득한 상공으로 날아올라 갔다.

"크아아아아아—!"

어찌나 높은 곳까지 날아올라 가는지 그의 비명이 작게 들릴 정도였다. 그 장면을 본 톨츠의 안색이 파랗게 질렸다.

'괴, 괴물이다.'

톨츠는 슬금슬금 눈치를 보며 뒷걸음질 쳤다. 지금은 자존심이 문제가 아니었다. 외팔이 노인은 그가 무슨 수를 써도 이길 수 없는 상대인 것이다. 그 역시 덱스와 같은 꼴이 되기 전에 달아나는 것이 최상이었다.

퍽!

그러나 톨츠는 몇 걸음 달아나기도 전에 노인의 발에 걸어차이며 상공으로 날아가야 했다.

"쿠어어어어억!"

날개 없이 하늘로 비상해 봤는가? 올라갈 때는 그럭저럭 상쾌할지도 모른다. 그러나 올라간 높이만큼 다시 떨어져 내릴 생각을 한다면 그것이 얼마나 가공할 공포심을 주는지 알게 될 것이다.

"으, 으아아! 살려줘……!"

톨츠는 어떻게든 살고 싶어 양팔을 날개처럼 퍼덕여봤지만 소용없었다. 그의 몸은 올라간 그대로 바닥으로 떨어져 내렸다.

퍽!

그런데 그가 바닥으로 추락하기 직전 노인이 다시 발로 그를 차올렸다.

"크아아아아악!"

비명을 지르며 상공으로 날려 올라가는 톨츠의 두 눈에 악을 쓰며 바닥으로 내리 떨어지는 덱스의 모습이 들어왔다. 그러다 다시 상황은 역전되었다.

한 번은 덱스가, 다른 한 번은 톨츠가 상공으로 올라갔다 떨어져 내리는 기이한 광경을 모두가 입을 쩍 벌리고 지켜봤다. 그들 모두에게 평생 두 번 다시 보기 힘든 기막히면서도 끔찍한 장면이리라.

펙! 퍼억—

노인은 10여 차례 그 짓을 반복한 후에 바닥으로 떨어져 내리는 덱스와 톨츠를 각각 손으로 받아 바닥으로 내던졌다. 그 덕분에 천만다행히도 그들은 죽지 않았지만 이미 제정신이 아니었다.

그렇게 보뇌르의 암흑가는 홀연히 나타난 외팔이 노인에 의해 순식간에 평정되었다. 물론 감히 그 누구도 그 노인에게 도전장을 들이미는 이는 없었다. 덱스와 톨츠와 같은 처참한 꼴을 당하고 싶지 않아서였다.

보뇌르의 암흑가를 평정한 외팔이 노인. 그의 이름은 푸르라 했다. 이후로 보뇌르의 암흑가는 푸르의 법이 지배했다.

푸르의 허락 없이 폭력을 휘두르는 자! 덱스와 톨츠 차기의 형

벌을 받게 되리라.

〈덱스와 톨츠 차기〉는 새로 생겨난 형벌 이름이었다. 자세히 설명을 안 해도 그것이 어떤 형벌인지는 모두가 잘 알았다.

푸르는 이후로 두 번 다시 그런 형벌이 집행되지 않도록 덱스와 톨츠 차기라는 이름의 놀이도 만들었다. 그것은 사람 모양의 인형 두 개를 번갈아 발로 차는 놀이였는데, 바닥으로 떨어뜨리지 않고 오래 버티는 사람이 이기는 방식이었다.

그러나 두 개의 인형을 차올리는 건 초보자에겐 매우 힘든 일. 대부분 하나의 인형만을 가지고 놀이를 했다. 그래서 그 놀이는 간략하게 덱스 차기, 혹은 톨츠 차기라고 불리기도 했다.

아직 아무도 모르고 있지만 이후로 그 놀이들은 보뇌르뿐 아니라 로드리아 대륙 전역의 도시들로 퍼져 나가고, 심지어 이로이다 대륙이나 하스디아 대륙과 같은 다른 세계에까지 퍼져 나가 다양한 방식으로 발전되게 된다.

어쨌든 푸르라는 이름의 외팔이 노인으로 인해 보뇌르에서 폭력을 휘두르는 일은 사라졌다. 푸르의 부하가 된 암흑가의 조직원들이 오히려 폭력을 단속하는 역할을 수행했으니까.

그러다 보니 암흑가뿐 아니라 가정 폭력도 거의 사라질 상황이었다. 심지어 사기를 치거나 도둑질을 하는 일도 뜸해졌다.

그 이유는 단 하나. 덱스와 톨츠 차기를 당하고 싶지 않아서였다. 푸르의 법은 모든 법 위에 존재했다. 관원들이라 해도 예외가 되지 못했다. 우는 아이도 푸르 할아버지라는 말만 들으면 뚝 그쳤다.

밤거리가 자연스레 안전해졌다. 심지어 길거리에 가방을 두고 가도 누구 하나 그것을 몰래 가져가지 않을 정도였다. 사람들이 혹시라도 푸르의 법에 걸릴까 봐 알아서 양심적으로 변해 버린 것이다.

이렇게 불과 며칠 만에 보뇌르의 치안 문제가 완벽하게 해결되었다. 푸르의 법은 이후로 로드리아 대륙의 전설이 되었다.

도시 보뇌르 빈민가의 뒷골목. 그곳에 자그만 천막을 치고 국수 장사를 하는 한 청년이 있었다. 청년이 이곳에서 국수를 판 건 며칠 전부터였다.

첫날에는 손님이 거의 없었지만, 암흑가의 지배자 푸르의 법으로 거리가 안전해지자 손님이 제법 생겨나기 시작했다.

지금도 마침 손님이 한 명 들어왔다. 40대 사내였는데, 그는 기침이 심한지 비틀거리며 들어왔다.

"여기 국수 하나 주쇼, 쿨룩!"

"예, 잠깐만 기다리세요."

청년은 손님을 미소로 반갑게 맞고는 곧바로 국수를 준비했다. 이미 육수는 부글부글 끓고 있기에 면만 삶아 국물과 함께 그릇에 담기만 하면 되었다.

슥슥슥. 탁탁탁.

도마 위에 가지런히 썬 파와 몇 가지 야채를 추가로 면위에 올려주면 완성이었다. 청년이 바쁘게 움직이는 모습을 사내가 물끄러미 쳐다보다 히죽 웃었다.

"흐흐! 이거 국물 냄새가 아주 끝내주는군. 쿠, 쿨룩! 아이고 이놈의 기침, 제기랄! 어쨌든 솜씨가 보통이 아닌 것같소만."

"먹어 보면 냄새만 좋은 게 아니라는 걸 알게 될 겁니다."

청년은 빙그레 웃으며 그릇을 사내 앞에 내밀었다. 사내는 기다렸다는 듯 젓가락을 들어 국수를 먹기 시작했다.

후루룩! 짭짭짭—

국수 맛이 정말로 끝내주는지 사내는 말도 없이 먹는 데

바빴다. 순식간에 한 그릇을 모두 비운 사내는 포만감에 만족했는지 흡족한 미소를 지었다.

"크하핫! 아주 잘 먹었소. 얼마요?"

"1렐입니다."

"여기 있소. 또 올 테니 많이 파쇼."

사내는 흔쾌히 1렐 동전을 지불하고는 천막을 나섰다. 배가 부른 것도 기분 좋았지만, 이상하게 몸이 상쾌했다. 그냥 싸구려 국수 한 그릇 먹은 것뿐인데, 오래도록 그의 몸을 괴롭혔던 고질병이 사라진 듯한 느낌이었다.

그는 폐가 안 좋아 자주 기침을 한다. 그런데 지금은 기침이 전혀 안 나왔다. 설마 국수를 먹고 기침이 나은 것일까?

'크흐! 그럴 리가 있나. 미친 생각이야.'

사내는 피식 웃었다. 그것은 그야말로 어이가 없는 생각이었다. 아마 잠시 기침이 멎었지만, 잠시 후면 또 시작될 것이다. 의원도 쉽게 낫는 병이 아니라고 했지 않았던가.

그러나 사내는 아직 모르고 있었다. 그의 폐에 있던 병이 완벽하게 치료되었음을. 단순히 폐뿐이 아니라 그의 몸 전체에 있던 잔병도 모두 사라지고 아주 건강해졌음을 말이다.

국수 파는 청년. 물론 그는 무혼이었다. 삶의 소소한 행복을 누리고 싶다는 루인의 소원을 들어주기 위해 잠시 보뇌르의 평범한 시민이 되어 국수 장사를 하는 중이었다.

무혼이 파는 국수의 육수에는 환계의 마물 연금술사들이 만든 신비한 포션의 약효가 녹아 있어, 그저 그 육수 국물을 마시는 것만으로도 어지간한 병은 완벽하게 치료된다.

단순히 약효만 좋은 것이 아니라 맛도 기막혔다. 라따 족 대요리사 네르옹의 특별한 요리법으로 만든 육수이기 때문이다.

그뿐인가? 평범해 보이는 밀가루 면에도 환계 연금술의 정화가 깃들어 있었다. 국수의 면에는 주술의 신비한 힘이 깃들어진 터라 사내는 평생 고개 숙인 남자로는 살지 않게 될 것이다. 심지어 그와 밤을 보낸 그의 부인도 잔병이 사라지고 건강해지게 될 테니까.

이렇게 놀라운 효력을 지닌 국수가 단돈 1렐이라니. 시장에서 파는 싸구려 국수도 보통 3렐은 하는데, 1렐이면 사실 거저나 마찬가지다.

따라서 만일 보뇌르의 시민들이 이 놀라운 사실을 알게 되면 무혼이 파는 국수를 먹기 위해 줄을 설 것이다. 국수 값이 싸서가 아니라 국수에 깃든 신비한 효능 때문이다.

그러나 그들은 절대로 그 사실을 알지 못한다. 무혼이 주술을 펼쳐 자신의 천막에서 국수를 먹었다는 사실을 기억하지 못하게 했으니까.

따라서 조금 전 그 사내도 잠시 후면 자신이 국수를 먹었다는 사실을 기억하지 못하게 될 것이다. 그저 갑자기 건강해진 자신의 몸에 놀라고 기뻐하게 되리라.

무혼은 보뇌르를 변화시키고 살기 좋게 만들려고 온 것이 아니라 잠시 평범한 삶을 누리러 왔을 뿐이다. 그 와중에 그와 인연이 닿는 사람들에게 작은 도움을 주기 위해 국숫집을 차렸다.

국숫집의 위치는 매일 변경했다. 화려한 번화가가 아닌 변두리 빈민가의 으슥한 골목길 쪽으로만 골라서. 그래야 가장 힘없고 약한 자들이 그와 인연이 닿을 수 있을 것이다.

불쑥.

그때 천막이 열리며 웬 노인이 한 명 들어왔다. 외팔이에 평범한 얼굴이지만 노인의 얼굴을 아는 이들은 안다. 그가 얼마나 무서운 인물인지. 푸르의 법을 만들어 보뇌르의 밤거리에 폭력이 사라지게 만든 장본인이 바로 그니까.

놀랍게도 보뇌르 밤의 지배자 푸르가 무혼의 천막에 찾아왔다. 그는 의자에 털썩 주저앉으며 말했다.

"출출한데 국수 한 그릇 말아 주게."

무혼은 고개를 끄덕이고는 물었다.

"당신 덕분에 요즘 밤거리가 꽤 평화로워진 것 같소. 그런데 왜 외팔이로 변한 거요?"

"흐흐! 습관이라네. 소싯적에도 나는 항상 외팔이로 활약을 펼쳤지. 그러다 보니 나로 인해 파생된 이야기들이 차원의 바다에 꽤 퍼져 있다네."

하나의 해역을 위협하던 마왕을 해치운 외팔이 용병 검사 이야기부터 시작해 사악한 피라타 일당들을 소탕하는 외팔이 선장 이야기까지, 그로 인해 만들어진 이야기들이 수두룩하단다. 무혼은 어이가 없었다.

"멀쩡한 두 팔을 두고 왜 외팔이 흉내를 내는 건지 모르겠소. 진짜 외팔이들이 그것을 보면 화낼지도 모르오."

"이유는 없네. 굳이 있다면 더 멋있어 보이기 때문이라고나 할까? 또한 감동도 있지. 모든 것이 완벽한 사람보다 뭔가 부족해 보이는 사람이 대단한 활약을 펼치면 더욱 감동하는 법이라네. 사람들에게 용기와 꿈을 심어 줄 수 있어. 저 사람도 하는데 나라고 못 하겠나. 뭐 이런 것 말이야."

"나 참! 국수나 드시오."

무혼은 픽 웃으며 국수 그릇을 내밀었다. 외팔이 노인 푸르. 그는 물론 초용족 푸르푸레우스였다. 무혼이 보뇌르에서 잠시 평범한 삶을 살겠다고 하자, 그 역시 모처럼 평범한 삶을 즐겨 보겠다며 보뇌르의 암흑가를 평정한 것이다.

그런데 과연 그게 평범한 것일까? 결단코 평범하지 않다.

무혼이 생각해 봐도 확실히 평범하지 않은 자들이 보통 사람과 동일하게 평범한 삶을 산다는 것은 거의 불가능한 일이었다. 자신도 그렇고 초용족 푸르푸레우스도 마찬가지다.

그러나 굳이 완벽한 평범함을 추구할 필요가 있을까? 그건 그다지 의미 없는 일이다. 지금처럼 작은 노력이나마 기울여 조금이라도 삶의 소소한 행복을 느껴 볼 수 있다면 그럭저럭 만족할 수 있으리라.

후루룩! 후룩! 짭짭짭!

"꺼억! 잘 먹었네. 그럼 많이 팔게나."

외팔이 푸르는 허겁지겁 국수 한 그릇을 먹어 치우고는 자리에서 일어났다. 물론 1렐짜리 동전을 놓고 가는 것을 잊지 않았다.

푸르가 나간 이후에 손님들은 계속 드나들었다. 무혼은 무려 수백 명의 손님들에게 국수를 팔았고, 날이 어두워지자 천막을 접었다.

"루인이 기다리고 있겠군."

무혼은 즐거운 마음으로 루인이 기다리고 있는 집으로

향했다. 무혼과 루인은 보뇌르 외곽에 있는 자그만 집을 임대해 살고 있었다.

관원들이 최저 임금은 잘 규제하고 있지만 아직 이곳 보뇌르에는 누베스 대륙의 네하른처럼 충분한 주택이 지어지지는 못했다.

그러다 보니 빈민들에게는 여전히 집의 소유란 쉬운 일이 아니었다. 일할 힘도 없는 이들도 적지 않기 때문이다. 아직 집 없는 이들이 다수였다.

물론 상귀족과 귀족들이 각각 수백 채, 많게는 수천 채씩 소유하고 있던 집들을 관원들이 저렴하게 임대해 주고 있어, 그나마 임대료는 많이 싸졌다.

무혼은 그중에서도 가장 저렴한 주택을 임대해 루인과 살고 있었다. 물론 그것은 무혼이 아닌 루인이 원하는 것이었다. 아무리 평범하게 사는 것이 목적이라지만 무혼이 어찌 자신의 하나뿐인 여인을 허름한 집에 살게 하고 싶겠는가.

무혼이 손만 슥 휘저으면 아무것도 없는 황무지라 해도 그 위에 화려한 대저택이 만들어진다. 다시 말해 마음만 먹으면 궁전과 같은 곳에서 살게 해 줄 수 있는데, 굳이 허름하고 싼 집에 루인을 살게 할 이유가 없는 것이다.

그러나 루인은 지금의 집을 고집했다. 하긴 그녀에게는

이미 용자의 성에 화려한 저택이 있다. 따라서 그녀가 만일 화려한 집에서 안온히 살기를 원했다면 굳이 평범한 삶을 소원하지 않았을 것이다.

그렇다면 대체 루인은 이 허름한 집에서 무엇을 느끼고 싶은 것일까?

평범한 삶일까?

그녀 또한 평범하지 않은 사람이다. 사람들 중에서도 극히 희귀한 현자다. 한 세대에 한 명 나올까 말까 한 고귀한 존재인 것이다.

그런 그녀가 이 허름한 집에서 지낸다. 해서 평범해질 수 있을까? 절대 그럴 리는 없었다. 루인도 그 사실을 아주 잘 알고 있었다.

그럼에도 불구하고 루인이 이 집을 굳이 고집한 데는 아주 특별한 이유가 존재한다. 그녀도 그녀지만, 사실 무혼을 위한 것이니까.

루인이 볼 때 무혼은 이미 인간의 한계를 초월했다. 아직 인간의 모습을 하고 있지만 그는 인간이 아닌 존재나 마찬가지가 되어 버렸다.

앞으로 그는 오직 용자로서 존재하게 될 것이다.

용자로서의 삶, 그것도 보통의 용자가 아닌 절대 용자로서의 고독한 삶을 살게 될 무혼에게, 루인은 삶에 아주 작은 행복들이 존재한다는 것을 꼭 알게 해 주고 싶었다.

그래야 무혼이 지금보다 더욱 강력한 힘을 가진다 해도 인간으로서의 심성이 남아 있을 것이란 생각 때문이었다.

절대자로서의 고독 속에서 끝없이 강함을 추구하다 어느 날 그 모든 것에 허무함이 찾아온다면?

그때는 무혼이 어떻게 변할지 모른다. 자신이 이룬 모든 것이 허무하게 느껴지게 된다면 그 스스로 모든 것을 파괴해 버릴 수도 있다.

차원의 바다에서 가장 무서운 존재인 타락한 용자는 바로 그렇게 탄생되는 것이다. 만일 무혼이 타락한 용자가 된다면 차원의 바다는 사상 초유의 대재앙에 직면하게 될 것이다. 그때 그 누가 무혼을 막을 수 있겠는가.

물론 적어도 루인이 살아 있는 한 무혼은 그렇게 되지 않을 것이다. 그러나 루인은 언젠가 무혼의 곁에서 자신이 사라질 것이란 사실을 알고 있었다.

물의 정령왕 아쿠아가 준 불사의 성수 덕분에 루인에게도 천 년이란 긴 수명이 생겼지만, 절대 용자인 무혼에게 그 시간은 잠깐일 뿐인지도 모른다.

루인이 사라진 이후 무혼의 곁에 또 다른 유능한 현자가 생길지는 알 수 없는 일.

따라서 루인은 천 년 후의 미래를 미리 내다보고 무혼이 그 어떤 상황에서도 절대 잊지 말아야 할 인간으로서의 소소한 행복감을 느끼게 해 주고 싶었다.

　무혼이 그것을 알고 느끼고 있는 이상 허무감은 찾아오지 않을 것이고, 타락한 용자가 되는 일은 없을 테니까.

　바로 이것이 현자 루인이 간절히 바라고 있는 소원이었다. 무혼은 지금 루인을 위해 뭔가를 해 주고 있다 생각하지만, 실상 루인은 무혼을 위한 그녀의 소원을 말한 것이었다.

Chapter 5

황야의 외팔이

왁자지껄. 시끌시끌.

보뇌르의 번화가. 시장은 밤에도 사람들로 북적였다. 최근 귀족들과 관원들의 불합리한 착취가 사라지고, 푸르의 법에 의해 치안이 안정되자 자연스레 시장이 활기를 띠었다. 낮은 물론 밤에도 불야성을 이루다 보니 살 만한 물건도 많았고 여러 볼거리도 제법 생겨났다.

"자자, 생애 두 번 다시 볼 수 없는 흥미로운 공연이 시작됩니다."

"아름다운 정령 무혼과 사만다의 사랑!"

"그들의 사랑을 방해하는 사악한 마왕 유레아즈!"

"이들이 펼치는 은밀하고 유혹적인 이야기!"

"정령의 숲 정령들이 추천하는 최고의 야극(夜劇)!"

"불후의 명작인 은월삼절애가(銀月三絶哀歌)가 지금 바로 시작됩니다."

"호호! 첫 회는 특별히 공짜! 무료로 볼 수 있는 이 놀라운 기회를 놓치지 말아요. 앗, 성인용이니 아이들은 저리 가거라."

이게 또 웬 황당한 소리들인가? 은월삼절애가라니. 오늘도 보람차게 국수 장사를 마친 무혼은 루인에게 줄 선물도 살겸 잠시 보뇌르의 야시장을 구경 중이었다.

그런데 난데없이 은월삼절애가라는 연극 아니, 야극이 시작된단다. 주요 등장인물이 무혼, 사만다, 유레아즈인 것을 보면 무혼이 저작한 그 야서를 누군가 등장인물을 바꿔 야극 대본으로 각색한 것이 분명했다.

그보다 이로이다 대륙 정령의 숲 사만다에게 선물로 준 은월삼절애가의 내용이 어떻게 이곳 로드리아 대륙에까지 흘러들어 왔다는 말인가?

무혼은 소리의 근원을 찾아 시선을 돌렸고, 비로소 그곳에서 신 나게 호객 행위를 하고 있는 두 남녀를 발견할 수 있었다.

붉은 머리의 청년과 푸른 머리의 여인. 그들은 다름 아닌 드래곤 포르티와 아그노스였다.

"이봐, 너희들 여긴 왜 왔느냐? 난 잠시 조용히 살고 싶으니 방해하지 말고 돌아가라."

무혼이 못마땅한 표정으로 그들을 노려보며 외치자 포르티 등은 실실거리며 웃었다.

"무혼, 요즘 연애하느라 바쁘다고 들었다. 뭐, 우린 신경 쓰지 마라. 그냥 심심해서 놀러 온 것뿐이다."

"호홍~! 우린 그냥 조용히 있을게. 절대 방해 안 할 테니 넌 연애나 열심히 해."

무혼은 코웃음 쳤다.

"조용히 있겠다는 녀석들이 웬 야극이냐?"

그러자 포르티와 아그노스가 힐끗 도끼눈을 뜨며 무혼을 노려보는 것이 아닌가?

"야극이 뭐 어때서?"

"흥! 그러게. 은월삼절애가의 저자가 누구더라?"

대체 저들의 눈빛이 왜 저리 불손한 것인가? 그러고 보니 포르티와 아그노스는 무혼이 그 야서를 집필한 저자임을 알게 된 모양이었다. 무혼의 인상이 구겨졌다.

'저 녀석들이 내게 그것을 따지려고 온 거였군.'

사실 포르티와 아그노스야말로 은월삼절애가의 실제 주인공들이었다. 거기에 푸르카가 악역으로 등장해 그들의 사랑을 방해하지 않았던가.

무혼이 별다른 생각 없이 떠오르는 대로 등장인물을 넣다 보니 그렇게 된 것이었지만, 자신들이 은월삼절애가라는 희대의 야서 주인공으로 등장한 것을 알게 된 포르티 등은 펄쩍 뛰었으리라.

결국 그들은 이런 식으로 무혼에게 통렬한 복수를 하기 위해 주요 등장인물의 이름을 바꿔, 노지즈 해역 순회공연에 나선 것이었다. 그야말로 용자로서 망신살이 뻗치는 순간이었다.

'으! 내가 저것들을 친구라고.'

무혼은 골치가 지끈거렸다. 속 좁은 드래곤들을 건드린 대가가 이렇게 되돌아 올 줄이야. 어쨌든 저 정신 줄 놓은 드래곤 친구들을 이대로 놔둘 수는 없는 일이다.

"야극 공연을 하든 말든 너희들의 자유다만 누가 원저자 허락 없이 등장인물을 마음대로 바꾸라고 했느냐? 당장 내 이름을 빼도록 해라."

그러자 포르티가 히죽 웃었다.

"원저자? 크크! 그런 걸 가지고 따지다니 우습군. 각색은 단주가 했다. 그 문제는 단주에게 따져라."

"단주?"

이번에는 아그노스가 웃으며 대답했다.

"호호호! 몰랐니? 우린 불꽃 극단의 단원들이야. 단주는 너도 잘 알 거야. 사만다라고."

무혼은 어이가 없었다.

'사만다가 각색을?'

그러니까 불의 정령 사만다도 이 사태에 관련되어 있다는 말인가? 바로 그때 포르티와 아그노스의 뒤에 미모의 여정령이 나타나 싸늘한 미소를 지으며 무혼을 노려봤다. 사만다였다.

무혼은 한숨을 내쉬었다.

"사만다, 이게 무슨 짓이오?"

"후훗, 요즘 둘이 아주 행복해 보이더군요. 정령의 염장을 지른다는 말은 바로 이럴 때 하는 말이겠죠."

"염장은 무슨! 쓸데없는 소리 하지 말고 그만 돌아가시오."

그러자 사만다는 코웃음을 날렸다.

"흥! 아무튼 걱정 말아요. 난 당신과 루인의 행복한 시간을 방해하러 온 것은 아니니까. 그냥 세상을 즐겁게 해 주기 위해 극단을 운영하는 것뿐이에요."

용자를 망신 줘서 세상을 즐겁게 해 주겠다? 무혼은 쓴웃음을 지었다.

"세상을 즐겁게 해 주겠다는 목표는 나쁘지 않군. 그대가 야극을 하든 말든 말리진 않을 테니 여기 말고 다른 도시로 가서 하는 건 어떻겠소?"

"글쎄요. 내가 왜 그래야 하죠? 보뇌르야말로 은월삼절 애가를 알릴 만한 최적의 장소라고요. 무혼 당신과 나의 로맨스 말이에요. 아름답잖아요, 호호호!"

말로는 무혼과 루인의 행복을 방해하지 않겠다 하지만, 그녀의 행동은 딱 봐도 방해하자는 수작이었다. 질투심으로 이글거리는 눈빛이 그것을 증명했다.

얼마 전 정령왕들로부터 폐허가 될 뻔한 이로이다 대륙을 구한 사만다. 그녀는 당시 조용히 사라졌었는데, 오늘 이렇게 불쑥 나타나 사고를 치려 할 줄이야.

무혼이 어깨를 으쓱하며 말했다.

"안타깝군. 난 당신을 위해 충고한 것뿐인데, 싫다면 어쩔 수 없지."

"충고라고요?"

"혹시 푸르의 법이라고 알고 있소?"

"그게 뭐죠?"

난데없이 웬 법? 사만다는 무혼이 법을 운운하자 어이가 없다는 듯 샐쭉한 표정을 지었다. 포르티와 아그노스도 마찬가지였다. 그들은 사실 사만다의 꼬임에 넘어가 작정하고 무혼과 루인의 연애질을 방해하러 온 터였다.

하지만 무혼이 어디 순순히 당할 위인인가. 그는 의미심장한 미소를 지었다.

"푸르의 법은 이곳 보뇌르에서 모든 것 위에 존재하오. 그는 상당히 보수적이라 아마 보뇌르에서 야극이 공연되는 걸 알게 되면 가만두지 않을 거요."

그러자 포르티가 시큰둥한 표정으로 물었다.

"푸르? 그가 누군데? 설마 푸르카 님은 아닐 테고."

"그는 보뇌르 암흑가의 지배자라 불리지. 웬만해선 그와 부딪치지 않는 게 좋을 거야."

그 말에 포르티와 아그노스 등은 어이가 없는지 입가를 비틀며 웃었다. 사만다도 마찬가지였다. 무혼이라면 모를까, 한낱 도시 암흑가의 수장 따위가 자신들을 두렵게 할 수는 없다는 생각에서였다.

"크흐! 푸르인지 푸딩인지 고작 암흑가의 보스 따위가 우릴 어쩌겠느냐?"

"오호홋! 이참에 보뇌르의 암흑가는 우리 불꽃 극단이 접수하겠어. 그렇지 않아도 부려먹을 녀석들이 필요했는데 잘됐네."

포르티와 아그노스는 악덕 드래곤스러운 웃음을 지었다. 그들이 어찌 보뇌르의 암흑가를 지배하고 있는 자가 초용족 푸르푸레우스임을 짐작이나 할 수 있으랴.

무혼은 굳이 그 사실을 말하지 않았다. 포르티 등이 하는 행태를 보니 어차피 무혼이 밝히지 않아도 자연히 알게 될 것이다.

아나나 다를까 그들은 불꽃 극단의 이름으로 보뇌르의 암흑가를 장악한다며 푸르에게 즉각 도전장을 내던졌다.

푸르에게 도전하는 것은 의외로 간단했다. 번화가의 한쪽에 위치한 작은 술집 푸레우스라는 곳에 들어가면 보라색의 종(鐘)이 하나 있는데, 그 종을 흔들면 되는 일이었다.

"크흐! 가서 그 푸르인지 푸딩인지 하는 녀석을 데려와라. 앞으로 보뇌르의 암흑가는 불꽃 극단이 지배한다고 말해라."

포르티는 지나가는 소년에게 심부름값으로 1젤을 건네주며 푸레우스의 자주색 종을 흔들라 시켰다. 소년은 신이 나서 달려갔다.

그 모습을 본 무혼이 탄식했다.

"기어이 일을 치는구나. 아무튼 나는 모르는 일이다."

그러자 포르티와 아그노스는 만면에 미소를 지었다.

"크흐! 정말이냐? 네가 모른 척해 준다면 우리야 반갑지."

"호홋! 약속한 거야, 무혼. 절대 모른 척하기다."

무혼은 픽 웃으며 고개를 끄덕였다.

"약속하지. 너희들이 암흑가를 뒤집어엎든 말든 난 상관 안 하겠다. 하지만 조심하는 게 좋을 텐데."

"크하핫! 조심은 소심한 녀석들이나 하는 거지."

"맞아. 우린 대범하잖아. 호호호!"

마음대로 보뇌르의 암흑가를 뒤집어엎어도 된단다. 무혼이 쓸데없는 짓 말라고 한 소리 할 줄 알았는데 묵인해 준다니 포르티와 아그노스는 마치 일전에 오르덴의 항구인 시난에서 피라타 짓을 할 때처럼 신이 났다.

심지어 사만다도 이게 웬 흥미진진한 일이냐는 듯 붉은 홍채를 반짝였다. 물론 불의 정령인 그녀가 일개 도시의 암흑가 따위에 관심을 가질 이유는 없다. 그러나 보뇌르의 암흑가를 장악하게 되면 앞으로 무혼의 연애질을 방해하는 데는 더없이 편해질 것이란 생각에 귀가 솔깃해진 것이었다.

"오호호! 좋아. 그건 그거고 이제 공연을 시작해야지."

"물론이지요, 단장님. 자, 뭣들 하느냐? 은월삼절애가의 막을 올려랏!"

기어코 그들은 은월삼절애가의 공연을 시작했다. 무대 효과 담당인 포르티가 마법을 펼치자 무대 위에 신비로운 정령의 숲의 정경이 나타났다. 이어서 아그노스에게 연기 지도를 받은 하급 정령 배우들이 등장했다.

곧바로 그들이 현란하고 야릇한 연기를 내보이는 순간 관객들의 입이 쩍 벌어졌다. 정말로 생애 한 번 보기 힘든 희대의 야극이라는 생각에 관객들은 숨 쉬는 것도 잊을 만큼 두 눈을 부릅뜨고 무대 위를 쳐다봤다.

그러나 아쉽게도 야극은 금세 중지되고 말았으니. 난데없이 등장한 외팔이 노인 때문이었다.

"이곳이 불꽃 극단인가?"

장발이 흩날리는 외팔이 노인. 그 뒤로 덱스와 톨츠를 비롯한 보뇌르의 힘깨나 쓴다는 주먹 수십여 명이 삭막한 기세를 발하며 서 있었다.

그 누가 봐도 압도될 만한 살벌한 위세였지만, 포르티 등은 가소로울 뿐이었다. 그들이 보기에 푸르 패거리는 뒷골목 양아치 수준에 불과했으니까.

다만 선두에 서 있는 외팔이 노인의 기세가 제법 심상치 않았다. 그래 봤자 고작 소드 마스터 근처도 못 미치는 하찮은 경지로 파악되었던지라 포르티 등은 코웃음이 절로 나왔다.

감히 드래곤을 상대로 인간이 덤비다니. 그것도 고작 뒷골목 주먹 패거리 따위가. 포르티는 그들을 아주 작신작신 밟아 버릇을 고쳐 주리라는 마음을 먹었다. 그는 무대 위로 휙 뛰어 올라간 후 관객들을 향해 정중하게 외쳤다.

"험! 은월삼절애가의 공연이 잠시 중지되지만 금방 다시 재개할 것이니 관객 여러분께서는 그대로 자리를 지켜 주시기 바랍니다. 아울러 막간을 이용해 아주 흥미진진한 단막 활극 한 편을 보여 주도록 하지요. 제목은 불꽃 극단, 암흑가를 접수하다!"

스스슷. 스스스스.

순간 정령의 숲 배경이었던 무대가 거친 벌판으로 변했다. 황량하기 그지없는 황무지를 배경으로 한 판의 멋진 단막 활극을 구상한 포르티는 스스로 생각해도 괜찮은 듯 흡족한 미소를 지었다. 아그노스와 사만다도 싱글거리며 무대 위로 올라왔다.

"오호! 불꽃 극단, 암흑가를 접수하다! 제목 아주 마음에 드는걸."

"호호호! 좋아. 단막극이니 빨리 끝내도록 하자. 관객들은 은월삼절애가를 더 보고 싶어 할 거야."

잠시 후 포르티 등은 오연히 선 채로 외쳤다.

"거기 뭐하고들 있느냐? 어서 올라오지 않고."

그러자 외팔이 노인 푸르가 피식 웃더니 훌쩍 허공을 날아서 무대 위로 착지했다.

"허허! 무대 배경은 꽤 그럴 듯하지만 제목이 너무 유치해. 그보다는 황야의 외팔이로 바꾸는 게 어떤가?"

"황야의 외팔이?"

포르티 등은 어이가 없다는 듯 피식 실소를 흘렸다. 유치하기로 따지면 황야의 외팔이가 더하지 않은가. 사만다가 인상을 찌푸리며 고개를 끄덕였다.

"제목이 마음에 안 든다니, 뭐 그 정도는 양보하마."

"고맙군. 그럼 긴 말이 필요 없을 것이니 바로 시작해 볼까?"

그 말과 함께 푸르는 손을 슥 휘저었다. 순간 긴장감이 느껴지는 빠른 음악이 사방으로 울려 퍼졌다.

빠바밤—

두두둥! 두두두둥!

그야말로 활극 황야의 외팔이에 딱 어울리는 음악이었다. 포르티 등의 두 눈이 휘둥그레졌다.

"흐! 분위기 좋군. 제법 무대 효과를 아는구나."

"후훗! 이건 쓸데없이 분위기를 잘 맞추는걸."

"호호호! 그러게 말이야. 노력이 가상하니 적당한 선에서 손을 봐 주고 끝내야겠어."

깔깔거리며 웃는 아그노스와 사만다 등은 아직 그들이 어떤 처지에 있는지 전혀 짐작도 못 했다. 잠시 후면 그들에게 임할 끔찍한 형벌, 그것은 실로 가혹하기 짝이 없는 것이었다.

이후로 보뇌르뿐 아니라 노지즈 해역 전체에서 사람들에게 대대로 회자될 무시무시한 전설. 본래는 희극으로 구상된 것이었지만, 장차 희대의 공포극으로 알려질 전설의 단막극 황야의 외팔이. 그것이 드디어 막을 올렸다.

빠밤—

둥둥둥둥둥……!

음악의 비트가 더욱 강렬해지는가 싶더니 난데없이 황야의 상공에 시커먼 먹장구름이 몰려왔다. 순식간에 하늘이 캄캄해졌고 시퍼런 뇌전들이 천공을 갈랐다.

번쩍! 번쩍—!

쿠르르르— 콰콰쾅!

그러자 포르티 등의 안색이 급변했다. 물론 지금과 같은 으스스한 기상 연출이야 그들도 얼마든지 할 수 있었다. 둘은 마법의 조종이라 불리는 드래곤들이며 하나는 최상급 불의 정령이니까.

따라서 단순히 상공이 검은 구름으로 뒤덮이고 시퍼런 뇌전이 번쩍거린다 한들 그런 것만으로는 그들을 두렵게 할 수 없는 일이었다.

문제는 하늘이 어두워지는 그 순간부터 기이한 힘이 그들의 마나를 제어하고 있다는 것. 그러다 보니 포르티와 아그노스는 마치 마나 하트가 봉인된 듯 한 줌의 마나도 끌어

올릴 수 없었다.

그것은 사만다 역시 마찬가지였다. 그녀의 정령력을 뭔가 억누르고 있어 하급 정령 수준의 정령력도 발휘하지 못하는 상황이랄까?

그뿐이 아니다. 마치 강제로 폴리모프 마법이라도 펼쳐진 듯 포르티와 아그노스, 사만다는 모두 완전한 인간으로 변해 버렸다.

물론 그들의 외모는 조금 전과 다를 바 없이 동일했다. 하지만 그때는 외모만 인간일 뿐 속은 드래곤과 정령이었다.

그런데 지금 그들은 완전한 인간의 육체를 가지고 있었다. 물론 여전히 마나는 물론이요 정령력은 한 줌도 존재하지 않았다.

이것이 대체 어찌 된 일인가? 도저히 믿을 수 없는 일이 벌어졌다. 한낱 암흑가의 외팔이 보스 따위에게 이토록 가공할 능력이 존재한다니.

휘이이이!

세차게 부는 바람에 푸르의 장발이 휘날렸다. 그 사이로 번뜩이는 섬뜩한 안광! 그것은 궁극의 최상위 포식자가 지닌 눈빛이었다.

쿠우우우—

초용족으로 각성하기 전에는 드래곤이건 정령이건 닥치는 대로 잡아먹었던 자우신조 푸르푸레우스. 그 미증유의 포식자가 발하는 기세가 뿜어져 나왔다.

그러니 포르티 등이 얼마나 소름 끼치겠는가. 그들은 비로소 무혼이 왜 조심하라는 충고를 날렸는지 알 수 있었다. 이 눈앞의 외팔이 노인은 포르티 등이 설령 마나를 모두 사용할 수 있다 해도 상대가 안 되는 무서운 존재였다.

최소한 마왕이나 정령왕! 아니, 그들도 이 노인만큼 강하지는 않을 터다. 아무리 봐도 절대 용자인 무혼이 아니라면 상대가 불가능한 존재였다.

'으아! 저 노인 대체 뭐냐?'

'살려 줘, 무혼!'

포르티 등은 황급히 고개를 돌려 무혼을 찾았다. 혹시라도 관객석에 무혼이 있으면 도움을 요청할 생각이었던 것이다. 그러나 무혼은 마치 이런 일이 있을 줄 알았다는 듯 어디론가 사라져 버렸다.

그러고 보니 그는 어떤 일이 벌어져도 상관하지 않겠다고 하지 않았던가. 무혼은 자신의 입에서 뱉은 말을 반드시 지키는 사람이었다. 따라서 저 정체불명의 외팔이 노인에게 포르티 등이 죽든 말든 나서지 않을 것이다.

하지만 이대로 죽을 수는 없는 일이다.

"크흐! 당신의 정체가 뭔지 모르겠지만 이상한 장난은 관두고 그냥 좋은 말로 합시다. 원하는 게 뭐요? 돈이요?"

포르티는 협상을 제시했고, 아그노스와 사만다는 은근한 협박도 가했다.

"흥! 이봐, 우리가 누군지 알아?"

"그러게. 우릴 건드리면 뒷감당이 안 될 텐데."

그러자 푸르가 비릿하면서도 기괴한 웃음을 흘리며 말했다.

"큭큭큭! 감히 푸르에게 도전한 자! 덱스와 톨츠 차기의 형벌이 임하리라. 아울러 마나와 정령력 백 년 봉인의 형에 처하노라."

덱스와 톨츠 차기? 그게 뭘까? 그런 형벌도 있었나? 포르티 등은 고개를 갸웃했다. 그러나 지금은 그게 문제가 아니었다. 그보다 그 뒤에 이어진 마나와 정령력 봉인 1백 년의 형벌이라는 말이 그들의 가슴을 철렁하게 만들었던 것이다.

'뭐! 마나 백 년 봉인?'

'저게 무슨 개소리야?'

그러니까 지금처럼 마나를 한 줌도 못 쓰게 만드는 상태를 무려 1백 년이나 지속시키겠다는 말이 아닌가? 그뿐만 아니라 정령인 사만다도 정령력이 1백 년이나 봉인된단다.

그것은 그들에게 죽으라는 소리나 마찬가지.

하지만 그 말을 절대 허투루 들을 때가 아니었다. 이대로
라면 그들은 길 가는 오크 한 마리를 만나도 이길 힘이 없
었다. 심지어 불량스러운 하급 양아치 패거리를 만나도 무
력하게 당할 수밖에 없는 처지가 될 테니까.

포르티 등은 펄쩍 뛰며 말했다.

"빌어먹을! 그 무슨 말도 안 되는 헛소리냐? 머리카락을
몽창 뽑아 버리기 전에 이 저주를 풀어라."

"흥! 영감! 좋은 말로 할 때 듣는 게 나을걸. 남은 한 팔
도 못 쓰게 해줄까? 엉?"

"오호호홋! 당장 이 저주를 풀지 않으면 불의 재앙을 내
려 이곳을 모조리 태워 버리겠다."

힘은 사라졌지만 서슬 시퍼런 기세들은 여전했다. 그들
에게 남은 것은 그것뿐이었으니까. 그로부터 발산되는 섬
뜩한 살기는 관객들을 하얗게 질리도록 만들 정도였다.

그러나 그런 것도 통할 데나 통할 뿐, 상대는 초용족 푸
르푸레우스다.

"허허! 여전히 입들은 살아 있구나. 어디 그럼 덱스와 톨
츠 차기를 당하고도 그런 말들이 나오나 볼까?"

덱스와 톨츠 차기라는 말이 다시 나오자 관객들의 표정
에 더욱 공포가 어렸다. 포르티 등은 모르지만 관객들은 알

고 있었다. 우는 아이도 뚝 그치게 한다는 그 끔찍한 형벌을!

드디어 말로만 듣던 그것이 집행되는 것일까? 차마 보지 못하겠다는 듯 몸서리치며 손바닥으로 눈을 가린 이들이 적지 않았다.

그러나 한편으로 호기심도 들어 은근히 기대 어린 눈빛을 보내는 관객들도 있었다. 손가락을 벌려 조심스레 무대를 쳐다보는 그들의 심장은 세차게 두근거렸다.

'덱스와 톨츠 차기?'

'대체 그게 뭐야?'

사실 포르티와 아그노스는 그 말을 듣는 순간 왠지 가슴이 철렁 내려앉는 기분이었다. 다른 건 몰라도 눈치 하나는 기막히게 빠른 그들이 아닌가? 왠지 느낌이 좋지 않았다.

이럴 때는 아무래도 달아나는 것이 좋을 성 싶었다. 공연히 자존심을 부리다 봉변을 당하느니 일단 피하고 보자는 의견을 모은 포르티와 아그노스는 은근슬쩍 뒷걸음질 치기 시작했다.

그러나 그것은 단지 그들의 생각이었을 뿐이다. 퍽, 소리와 함께 포르티의 몸이 상공으로 치솟아 올랐고, 이어서 아그노스와 사만다도 날려 올라갔다.

"쿠억!"

"꺄아악!"

"아악!"

그저 슬쩍 다가와 발로 한 번 찬 것뿐인데 비명이 절로 나올 만큼 아팠다. 그런데 아픈 데서 그치면 좋겠지만 구름 위까지 치솟아 올랐다가 떨어져 내리는 것이 문제였다.

'이런 말도 안 되는!'

'꺄악! 저 노인 뭐야?'

포르티 등은 기를 쓰고 떨어져 내리지 않으려 했지만 소용없었다. 본래라면 별다른 마법을 펼치지 않고 그저 의지만으로도 상공에 떠 있을 수 있는 드래곤들이다. 그러나 마나가 한 줌도 없는 상황에서는 그들도 보통의 인간과 다를 바 없었다. 정령력이 모두 봉인된 사만다도 마찬가지.

쒸이이익!

어느새 그들의 몸은 무대가 있는 곳으로 정확히 떨어져 내렸다. 포르티, 아그노스, 사만다의 순서대로. 그들의 얼굴은 사색으로 변했다.

이대로 떨어지면 즉사다. 포르티 등은 현재 드래곤이나 정령이 아닌 인간과 같은 상태이기 때문이다.

'이런 빌어먹을!'

'아아, 이건 말도 안 돼.'

포르티와 아그노스는 어처구니가 없었다. 설마 파란만장

했던 수천 년 드래곤의 삶을 이렇게 허무하게 마감하게 될 줄이야. 아마 차원의 바다에서 이런 식으로 생을 마감한 드래곤은 없으리라.

'미쳤어, 젠장!'

기막히기로는 사만다야말로 더했다. 마왕과 정령왕들의 가슴을 애타게 했던 노지즈 해역 최고의 미녀 정령이었던 그녀가 낙사로 죽을 운명일 줄이야. 설사 길거리를 구르는 하급 땅의 정령이라 해도 낙사로 죽지는 않으리라. 이는 정령의 수치였다.

그런데 천만다행이라면 다행일까? 그들은 바다에 닿기 직전 푸르가 휘두른 발에 채여 다시 하늘로 비상해야 했다.

툭! 퍽! 푸억!

"크아아아아—!"

"까아아아아—!"

비명이 절로 흘러나왔다. 포르티 등은 스스로 생각해도 창피할 만큼 처절한 비명을 질러대는 자신들의 모습에 자존심이 상해 마구 소리를 질러댔다. 공포를 이기기 위한 방편이기도 했다.

"으득! 제기랄! 두고 보자, 외팔이 놈!"

"흥! 너 이러고도 나중에 무사할 줄 아느냐? 뒈질 줄 알아!"

그러자 푸르의 입가에 차가운 조소가 어렸다.

"허허! 아직 꽤 팔팔하군. 적당히 하려고 했는데 좀 더 강도를 높여야겠어."

그냥 잠자코 있었으면 적당히 당하고 끝났을지도 모르는데 결국 입이 방정이라고 재앙을 부르고 말았다. 푸르가 훌쩍 상공으로 비상하며 포르티 등을 발로 후려 찼다.

퍽!

"으아아아아—!"

푸르가 한 번 발길질을 하면 포르티 등은 상공 이편에서 저편으로 까마득히 날아갔다. 놀랍게도 푸르는 포르티 등에 앞서 그쪽으로 이동해 있다가 다시 발길질을 했다.

퍼퍽! 퍽!

그렇게 동에 번쩍 서에 번쩍하며 발길질을 하는 푸르를 따라 드래곤 둘과 정령 하나가 상공 이편저편을 정신없이 비행하는 기풍경이 펼쳐졌다.

시실 이런 무식한 짓을 당하면 인간의 육체로는 버티지 못한다. 진작 심장 마비가 오거나 그 전에 사지가 부러져 죽어야 정상이다. 그러나 푸르가 펼친 보호 실드로 인해 포르티 등의 육체는 멀쩡했다. 기절도 허락되지 않아 그 고통은 끔찍하기 짝이 없었다.

덱스와 톨츠 차기보다 무서운 형벌인 포르티와 아그노

스, 그리고 사만다 차기라는 형벌이 탄생하는 순간이었다.

　물론 이후로 로드리아 대륙에서 포르티와 아그노스, 그리고 사만다 차기라는 형벌이 다시 집행된 적은 없었다. 그저 신화와 같은 전설로 까마득한 훗날까지 이어질 뿐, 실제로 그런 일이 벌어졌다는 것을 믿는 이들도 거의 없었다.

　심지어 오늘 그 장면을 목격한 관객들조차도 자신들이 그저 환상을 보았다고 착각할 만큼 허무맹랑한 전설로 치부되어 버렸으니까.

Chapter 6
인간으로 사는 즐거움

　도시 보뇌르.

　한적한 뒷골목에 쭈그려 앉아 있는 일남이녀가 있었다.
다름 아닌 포르티와 아그노스, 사만다였다. 그들은 현재 드
래곤이나 정령이 아닌 인간의 몸이었다.

　밤의 지배자 푸르에게 도전한 죄로 덱스와 톨츠 차기에
이어 포르티와 아그노스, 그리고 사만다 차기라는 무시무
시한 형벌을 당한 그들은 이제 평범한 인간으로 무려 1백
년이라는 세월을 살아야 할 상황이었다.

　"큰일이군. 아공간도 펼칠 수 없으니 빈털터리 신세야.
배는 고파 오는데 돈은 한 푼도 없고."

포르티가 한숨을 내쉬며 말했다. 아그노스도 힘없이 고개를 끄덕였다.

"우리가 어쩌다 이런 꼴이 되었을까?"

훌쩍!

아그노스는 손등을 들어 눈물을 닦았다. 지금 그녀는 빙룡 아그노스가 아닌 평범한 인간 여자였다. 그러다 보니 가장 먼저 나오는 것이 눈물이었다.

아그노스뿐 아니라 사만다 역시 눈물을 훌쩍였다. 그녀가 언제 이런 설움을 당해 봤던가. 푸르에게 당한 것도 서러운데 인간, 그것도 연약한 여자의 육체에 매여 있으니 도무지 불편하기 짝이 없었다.

물론 정령의 숲에서도 그녀는 인간과 비슷한 상태로 지내긴 했지만, 그렇다 해도 정령이었지 인간은 아니었다. 무엇보다 최상급 불의 정령으로서 가진 강력한 정령력은 그녀가 원하는 무엇이든 할 수 있게 해 주었다.

그러나 인간 여성이 된 지금은 그저 무력하고 나약하기만 했다. 당장 포르티의 말대로 배도 고팠지만 돈 한 푼도 없었다. 그녀 역시 모든 보물을 정령의 아공간에 보관하고 있는데, 정령력이 없는 지금 아공간을 열기란 불가능했기 때문이다.

"어떻게 좀 해봐, 포르티."

"그러게. 배고파 죽겠어."

결국 두 여인은 포르티를 노려봤다. 그러나 포르티인들 별수 있으랴.

"이봐, 나도 이런 꼴은 처음이야. 나보고 어쩌라는 말이냐?"

포르티는 쭈그려 앉은 그대로 시큰둥하게 대답했다. 그러자 아그노스와 사만다가 그를 험악한 표정으로 노려봤다.

"넌 그래도 남자잖아. 가서 일을 해서 우릴 먹여 살려야지. 얼른 가서 돈을 벌어 와."

"제길! 각자 알아서 먹고 살아야지 내가 왜 니들을 먹여 살린단 말이냐?"

포르티는 코웃음 쳤다. 그러던 그의 눈에 근처의 거리를 배회하는 하급 정령 셋의 모습이 보였다.

그들은 다름 아닌 불꽃 극단의 단원들로 포르티와 아그노스에게 연기를 지도받아 은월삼절애가를 연기하던 배우들이었다.

"오! 너희들 어디 갔었느냐? 냉큼 이리 오너라."

포르티는 반색하며 정령들을 불렀다. 아그노스와 사만다의 안색도 밝아졌다. 그리고 보니 정령들을 잊고 있었다. 비록 하급 정령들이지만 지금과 같은 궁박한 상황에서는 활용 가치가 충분히 있었다.

다시 말해 굳이 땀 흘려 돈을 벌지 않아도 정령들을 부려 먹으면 그럭저럭 편하게 먹고 살 수 있는 것이다. 물론 그들이 정령들을 부릴 수 있다는 가정하에서다. 이상하게 하급 정령들의 태도는 평소와 사뭇 달랐다.

"우릴 무슨 일로 불렀지?"

"바쁘니 용건만 말해."

삐딱한 눈빛. 싸늘한 미소. 팔짱을 낀 채 내려다보는 하급 정령들의 불손한 대꾸에 포르티 등은 어이가 없었다.

"크흐! 너희들 미쳤느냐? 나 포르티다. 화룡 포르티. 어디서 건방들을 떠는 것이냐?"

"감히 나 빙룡 아그노스에게 그따위 태도라니. 모두 죽고 싶은 거야?"

"흥! 건방진. 화산성의 성주인 나 사만다 앞에서 그따위 무례한 태도를 보이다니 용서할 수 없다."

포르티 등이 팔짝 뛰며 험악한 표정으로 다그치자 하급 정령들은 가소롭다는 듯 키득 웃으며 대꾸했다.

"쿠후훗! 가소롭구나. 너희들은 아직도 세상이 바뀐 줄 모르고 꿈을 꾸고 있느냐?"

"호호호! 애들은 아직 자신들이 드래곤이나 최상급 정령인 줄 아나 봐. 안 되겠어. 따끔한 맛을 좀 보여 줘야 정신을 차리겠지."

그 말과 함께 하급 정령들은 포르티 등을 흠씬 두들겨 패기 시작했다.

퍽! 푸억!

정령들은 소리가 새어 나가지 않도록 방음의 벽을 둘렀다. 정령 하나는 망을 보고 나머지 둘은 무자비하게 주먹을 휘둘렀다. 망을 보는 이유는 혹시라도 푸르 패거리에게 들킬까 봐 두려워서였다.

보뇌르에서 푸르의 허락 없이 폭력을 행사하다간 덱스와 톨츠 차기의 형벌에 처한다는 법이 있음을 그들도 알고 있기에 알아서 조심하는 것이었다.

퍽퍽퍽—

구타는 한참 동안 계속되었다. 그러다 망을 보던 정령이 누군가 나타났다며 다급히 외치고서야 끝이 났다.

"쿠흐흐흐! 너희들, 앞으로 조심해라. 또다시 까불면 그땐 이 정도로 끝나지 않을 거야."

"으흐흐! 건방지게 어디서 명령이야. 도움이 필요하면 정식으로 정령사가 되어 부탁을 하든가. 아, 물론 우린 너희처럼 시건방진 인간들과 계약을 할 만큼 한가하진 않지만 말야. 호호호!"

하급 정령들은 속이 후련하다는 듯 손을 탁탁 털며 사라졌다.

크흑—

흑흑흑!

포르티 등은 얼굴이 퉁퉁 부은 채로 훌쩍였다. 푸르에게
맞은 것도 서러웠지만, 평소에 손가락의 때만큼도 여기지
않았던 하급 정령들에게 얻어터지니 그야말로 살맛이 안
났다.

"야, 우리 그냥 죽을까?"

"흐윽! 그러게. 이대로 살아서 뭐해. 차라리 죽자."

그러나 죽는 것도 쉬운 일이 아니었다. 막상 인간이 되니
마음조차 약해진 건지 죽을 용기도 생기지 않았다.

"제길! 죽는 건 무척 아플 거야."

"그나저나 배고프다."

"난 졸려. 춥기도 하고⋯⋯."

춥고 배고프고 졸렸지만 돈이 없으니 어디 가서 싸구려
국수 한 그릇 먹을 수도 없는 형편이었다.

문득 무언가를 떠올린 듯 사만다가 눈을 반짝였다.

"무혼이 어디에 있을 거야."

아그노스도 반색했다.

"호호! 그래. 무혼을 찾아보자. 아무리 그래도 우릴 모른
척하지는 않겠지."

무혼이 국수 장사를 한다는 사실을 알고 있는 그들은 보뇌르의 거리를 헤매며 무혼의 천막집을 찾았다.

그러나 온종일 찾아도 무혼은 보이지 않았다. 오직 인연이 닿는 이들에게만 열려 있는 결계의 진입이 포르티 등에게는 허용되지 않았기 때문이었다.

어쩌다 그들이 푸르를 건드려 무려 1백 년 동안 인간으로 살아야 하는 기괴한 형벌을 받았지만, 무혼은 이참에 그들이 인간으로서의 삶을 제대로 체험해 보는 것도 좋은 기회라 여겨 그 어떤 도움도 주지 않았다.

어쩌면 이번 기회를 통해 포르티 등은 오랫동안 일정한 수준에 머무르고 있던 한계를 돌파할 깨달음을 얻을 수도 있기 때문이다.

그러나 그보다 더욱 중요한 것은 인간으로 살 때만 느낄 수 있는 소소한 행복을 느끼는 것이다. 드래곤이나 정령인 그들에게는 애초부터 느끼기 불가능한 것이었지만, 인간이 된 지금은 가능하다.

따라서 그들은 푸르에 의해 형벌을 받은 것이 아니라 인간으로 살 기회를 선물로 받은 것이라 볼 수도 있는 것이다.

무혼과 달리 그들은 자신들의 힘으로 인간의 굴레를 벗어나지 못하니 소소한 행복을 누리는 데 있어서는 훨씬 나은 면이 있었다.

한편 무혼을 밤새 찾아도 찾지 못한 포르티 등은 굶주림에 지쳐 비틀거리다 걸인들에게 무료로 음식을 나눠 주는 배급소를 발견하고는 재빨리 달려갔다.

푸석한 빵과 그다지 신선하지 않은 우유였지만, 그래도 정말 맛있었다.

우걱우걱. 쩝쩝!

눈물 젖은 빵을 먹어 봤는가? 먹어보지 않았다면 말을 말라. 드래곤이었던 그들은 결단코 빵 하나 때문에 눈물을 흘려본 적이 없었다. 인간이 되지 않았다면 마른 빵 한 덩이와 우유 한 컵에 이토록 고마움을 느끼지 못했으리라.

또한 찬 공기를 피해 잠을 잘 수 있는 숙소도 제공받았다. 방 안은 깨끗했고, 무엇보다 추위에 떨지 않을 수 있어 좋았다. 매끼마다 식사도 나오니 이보다 더 좋을 수 있겠는가.

"흐흐, 이제야 좀 살겠군."

"호호! 우리 여기서 그냥 눌러살까 봐."

공짜로 음식도 주고 잠도 잘 수 있도록 숙소도 주니, 놀고먹을 수 있겠다 싶었다. 더도 말고 딱 백 년만 이렇게 살자. 그러나 그런 혜택은 정말로 일을 할 수 없는 이들에게

만 주어지는 것이었다.

노인이나 건강이 좋지 않은 병자들, 장애인들, 혹은 고아나 과부와 같은 이들이 아닌 이상, 사지 멀쩡한 청년들이 그곳에서 계속 지낼 수는 없었다. 포르티 등은 3일 동안 놀고먹는 생활을 하다가 관원들에게 쫓겨났다.

"당신들은 충분히 일을 할 수 있는 건강과 체력을 가지고 있소. 더 이상은 무료 급식과 숙소를 제공할 수 없으니 일을 해서 돈을 벌든지, 아니면 이 보뇌르를 떠나든지 알아서 하시오."

일하지 않는 자는 먹지도 말라는 방침이라나. 결국 셋 중에서 가장 적응력이 빠른 포르티가 돈을 벌겠다며 일자리를 알선해 주는 관원을 찾아갔다.

"여긴 어떻게 오셨나요?"

"일자리를 좀 구하러 왔소."

그러자 관원이 빙그레 웃으며 서류를 내밀었다.

"하하하! 일을 하겠다면 얼마든지 환영입니다. 일단 여기에 당신이 어떤 재주를 갖고 있는지 작성해 주십시오. 그럼 그에 맞는 일자리를 알선해 드리지요."

"……."

'제길! 무슨 글자인지 알아볼 수가 있어야지.'

로드리아 대륙의 문자는 포르티에게 생소했다. 드래곤인

상태였다면 해석 마법을 통해 가볍게 해결될 문제지만 지금은 불가능했다.

다시 말해 포르티는 문맹이라는 뜻이었다. 그나마 말이라도 통할 수 있도록 푸르가 배려해 주지 않았다면 포르티 등은 말부터 배워야 하는 신세가 되었을 것이다.

어쨌든 문자를 모르니 서무와 관련된 일은 하지 못했다. 머릿속에 온갖 방대한 지식이 있으면 무엇 하는가. 이곳 대륙의 글자를 모르면 아무런 소용이 없었다. 결국 몸으로 때우는 일을 하기로 했다.

포르티는 채석장에서 돌을 깨거나, 공사장에서 돌을 나르거나 하는 일로 하루에 1젤을 받았다. 딱 최저 임금에 맞는 돈이었다.

포르티에 이어 아그노스와 사만다도 일자리를 찾아 나섰다. 관원들의 알선에 의해 아그노스는 식당에서 일하고 사만다는 아이를 돌보는 일을 맡았다. 둘 다 하루 임금은 1젤씩이었다.

땀 흘려 일을 하면서 그들은 비로소 인간들이 얼마나 힘들게 살고 있는지에 대해 알게 되었다. 드래곤과 상급 정령으로서 항상 도도하게 내려다보기만 했던 그들에게 인간으로서의 삶은 결코 만만한 것이 아니었다.

처음에는 매우 서툴고 그러다 보니 작업반장이나 고용주

들에게 욕을 얻어먹기도 했지만, 그들은 제법 근성 있게 일했고 조금씩 돈을 모았다.

자연스레 인간 친구들도 사귀게 되고 그들과 더불어 파티를 하기도 했다. 어느덧 몇 개월의 시간이 흐르자 그들은 드래곤으로서의 자신들보다 인간으로서의 자신들에게 더욱 익숙해진 것 같은 느낌이 들었다.

물론 그들도 예전에 유희랍시고 인간 노릇을 해본 적은 있었지만, 그때와 지금은 차원이 달랐다. 그때는 말 그대로 드래곤의 유희로서의 인간 놀이였지만, 지금은 그냥 인간 자체였다.

노닥 노닥거리며 돈 지랄이나 해대는 드래곤의 유희. 그 상태에서 어찌 인간으로서의 진정한 행복을 느낄 수 있었겠는가.

그와 달리 처음에는 매우 고되고 힘들고 또한 어색했던 진짜 인간으로서의 삶이 주는 소소한 행복의 농도는 그에 비할 수 없이 진했다.

대표적인 것이 땀 흘린 대가로 버는 돈을 통해 보람을 느끼는 것이었다. 저축을 통해 차곡차곡 쌓여 가는 돈을 볼 때의 그 흐뭇한 심정은 드래곤 시절 몬스터들의 금광을 빼앗을 때 느꼈던 뿌듯함을 몇 배 능가했다.

또한 배우는 재미도 있었다. 포르티는 낮에 일하고 밤에는 야학에 등록해 문자를 배웠다. 원래 방대한 지식을 가진 포르티이기에 문자와 단어들을 배우자 그는 금세 로드리아 대륙의 서적들을 읽어 나갔다.

그렇게 대략 3개월이 지나자 포르티는 중소 상단의 회계 업무를 맡을 수 있었고 그의 하루 임금은 어느새 3젤로 뛰었다.

다시 몇 개월이 흐르자 포르티는 그동안 모은 돈으로 보뇌르 외곽에 제법 괜찮은 주택을 하나 장만했다. 거실이 하나, 침실이 4개, 서재와 다용도실은 따로 있었다. 널따란 마당에는 예쁜 꽃과 나무들이, 담장에는 푸른 담쟁이넝쿨들이 집을 아름답게 장식했다.

"와아, 멋진걸. 우리 중에 포르티 네가 가장 먼저 집을 장만했구나."

"호호! 악착같이 모으더니. 부럽다. 부러워. 나는 언제쯤 집을 사 보나."

포르티는 집을 산 기념으로 파티를 열었고 아그노스와 사만다는 집들이 선물을 들고 방문했다. 포르티처럼 열성적으로 돈을 모으지 않은 탓에 그녀들은 아직 임대 주택에서 살았다. 다행히 임대료는 부담스럽지 않아 그럭저럭 먹고 사는 데 지장은 없었다.

"후후, 어서들 와라. 친구들이여."

보뇌르에서 최근 유행하는 멋들어진 백색 정장을 갖춰 입은 포르티는 손에 붉은 장미 다발을 들고 있었다. 그는 잠시 머뭇거리는가 싶더니 장미 다발을 아그노스에게 건넸다.

"받아라, 아그노스."

"이건?"

아그노스의 두 눈이 커졌다. 포르티가 한쪽 무릎을 꿇고 는 그녀를 강렬한 시선으로 쳐다보며 말했다.

"아그노스, 나는 오래도록 너를 사랑해 왔다. 그동안 용 기가 없어서 말을 못 했지만 인간이 된 지금은 왠지 용기가 생겼다. 나와 결혼해 다오."

포르티의 프로포즈였다. 그의 손에서는 자그만 다이아몬 드 반지가 반짝였다. 순간 아그노스의 두 눈에서 눈물이 주 룩 흘러내렸다.

"포르티……."

그녀는 오래도록 짝사랑만 해 왔다. 한때는 하프 머맨 필 리우스를 사랑했고, 그 후로는 무혼을 짝사랑하기도 했다. 그녀의 사랑은 일방적이었고, 허무할 뿐이었다. 그래서 항 상 마음은 텅 비어 있었지만, 그렇다 보니 더더욱 그 짝사 랑에 집착하곤 했다.

물론 그녀도 포르티가 자신을 좋아하고 있다는 사실을

모를 리 없었다. 그녀 역시 포르티가 싫은 것은 아니었지만 그에게는 그녀가 그토록 갈망하던 무언가가 없었다.

그 갈망하던 것이 무엇이었을까?

아직도 그것이 구체적으로 무엇인지는 모른다. 그런데 놀라운 사실은 지금 이 순간 포르티에게 그것이 존재한다는 것이었다. 그것이 그녀의 가슴을 뛰게 했다.

드래곤 포르티가 아닌 인간 포르티에게서 그녀가 그토록 애타게 갈망하던 것이 생겨날 줄이야.

대체 어찌 된 일일까?

확실한 건 하나였다. 그녀도 포르티도 인간이 되지 않았다면 절대 오늘 같은 일이 없었으리란 것을.

드래곤 그대로였다면 지금도 그녀는 여전히 이룰 수 없는 갈망을 간직한 채 머나먼 곳만 바라보며 한숨을 쉬고 있었을 것이다.

포르티 역시 인간이 되지 않았다면 지금처럼 아그노스를 향해 자신의 마음을 고백할 용기를 내지 못했으리라.

예전에는 그저 항상 잡을 수 없는 신기루와 같았던 그녀가 인간이 된 지금은 손을 내밀면 잡을 수 있는 선명한 실체가 되어 존재했다. 그것은 매우 신비한 일이었고, 그에게는 희망이 되었다.

"아그노스, 나와 결혼해 다오."

포르티는 다시 힘차게 말하며 반지를 내밀었다. 아그노스는 손등으로 눈물을 닦으며 빙긋 미소 지었다. 그녀는 이내 고개를 끄덕이며 반지를 받았다.

"좋아, 포르티."

그렇게 드래곤 아니, 인간 커플이 하나 탄생하는 순간이었다. 옆에서 멀뚱한 표정으로 지켜보던 사만다가 코웃음을 치며 말했다.

"흥! 눈꼴셔서 도저히 못 봐 주겠군. 무혼도 염장을 지르더니 이젠 너희들까지 나의 염장을 질러 대는구나."

사만다가 배 아파서 견딜 수 없다는 표정으로 쳐다보자 포르티와 아그노스는 혀를 쏙 내밀었다.

"흐흐! 너도 곧 좋은 사람을 만나면 되지 않으냐?"

"호호! 맞아. 이참에 좋은 사람 소개시켜 줄까?"

"쳇! 됐어! 난 혼자 살 거니까 너희들이나 실컷 잘 살아."

사만다는 토라진 표정으로 코웃음 치고는 돌아가 버렸다. 물론 그녀가 진짜 토라져서 돌아간 것은 아니었다.

일종의 배려랄까? 다른 건 몰라도 연애에 있어서는 한 눈치 하는 사만다다.

그녀는 포르티가 아그노스에게 그야말로 수천 년 만에 프로포즈를 한 역사적인 순간에 그들의 오붓한 시간을 방

해하고 싶지 않았다. 코웃음 치며 염장이 어쩌고 말하던 것
과는 달리 그녀는 속으로 아그노스가 포르티의 프로포즈를
받아들인 것을 진심으로 기뻐하며 축하해 주고 있었으니
까.

사만다는 그녀의 임대 주택을 향해 걸었다. 처음과 마찬
가지로 지금도 그녀는 아이 돌보는 일을 해 주며 돈을 벌었
다. 그 일도 능숙해지다 보니 이제 하루 1젤 20렐의 임금을
받고 있었고, 그렇게 번 돈으로 먹고 사는 데 지장은 없었
다. 충분히 저축을 하고도 남았다.

무엇보다 아이들을 돌보는 지금 일이 그녀를 즐겁게 했
다. 맛있는 요리를 사 먹거나 직접 해 먹는 것도 즐거움 중
하나였다. 여유 시간마다 서점에 들러 흥미로운 소설책을
사 보는 것도 그녀의 새로운 낙이 되었다.

그녀의 뛰어난 미모로 인해 도처에서 적지 않은 구애가
들어왔지만, 그녀는 이제 그 누구의 구애도 받아들일 수 없
었다. 그녀의 마음속에는 이미 한 사람이 꽉 차 있기 때문
이다.

그러나 안타깝게도 그와는 이루어질 수 없는 상황이었
다. 그에게는 다른 여자가 있으니까.

예전에는 인간이 아닌 정령이라는 이유로 거절당했으니,

혹시라도 인간이 된 지금은 가능하지 않을까 기대도 해 보았지만 그 또한 소용없는 일이었다. 그는 그녀를 단 한 번도 찾아오지 않았다.

그러다 보니 사만다는 마음을 비웠다. 그를 잊은 것은 아니었지만 그에게 집착하고 싶지 않았다. 이룰 수 없는 사랑을 바라만 보는 건 스스로를 불행하게 만드는 일이기에.

그보다는 그녀만의 새로운 취미를 개발했다.

그 취미는 다름 아닌 글을 쓰는 것이었다. 처음에는 망설여졌지만 그녀는 자신이 알고 있는 수많은 이야기들을 추려 그것을 소설로 쓰기 시작했다.

그 이야기들 중에는 그녀가 실제로 겪은 일뿐 아니라 그냥 들어서 아는 이야기들도 꽤 많았다. 문제는 그것을 남들이 흥미롭게 볼 수 있도록 글로 풀어 쓰는 일이었다.

무명인 그녀가 쓴 글이다 보니 처음에는 반응이 신통치 않았다. 그러나 하나둘 그녀가 쓴 소설에 빠져든 사람들이 입소문을 퍼뜨리자 어느덧 그녀는 보뇌르의 인기 작가가 되어 있었다.

정령들의 농밀한 연애사가 담긴 로맨스 소설부터 용자와 마왕이 싸우는 판타지 소설까지 그녀가 쓰는 소설은 나오는 족족 흥행에 성공했고, 보뇌르뿐 아니라 로드리아 대륙의 다른 도시들로 무수히 팔려 나갔다.

그로 인해 사만다는 인간이 된 지 2년이 되었을 무렵 도시 보뇌르에서 가장 부유한 인간 중 하나가 되었다. 예전이었다면 웬만한 도시의 상귀족은 되고도 남을 정도였다.

그러나 이제 상귀족이라는 것은 이미 역사의 저편으로 사라진 지 오래다. 당연히 사만다는 이전의 귀족들처럼 사람들을 착취하지 않았고, 오히려 보뇌르의 부자 중에서 가장 많은 기부를 했다. 그리고 그로 인해 많은 사람들의 존경을 한몸에 받았다.

본래 무척이나 이기적이던 불의 정령 사만다가 아무리 인간이 되었다고 해도 남을 돕는 일을 한다는 것은 쉬운 일이 아니다. 기부는 더더욱 있을 수 없는 일이었다.

따라서 웬만큼은 화려하고 사치스럽게 살았다. 그녀가 구입한 저택은 보뇌르의 최고급 저택가에 위치해 있었고, 몸에는 항상 최신 유행하는 비싼 옷을 두르고 다녔으니까.

그러나 맨 처음 관원을 통해 알선받은 아이 돌보는 일은 그녀의 삶에 상당히 많은 영향을 미쳤다. 불쌍한 고아들을 돌봐주는 일을 하며 보람을 느꼈던 그녀는 부자가 되자 고아들을 위한 기부를 통해 더욱 큰 즐거움을 누렸다.

남을 돕는 데서 오는 보람.

그것은 무척 기이한 즐거움이었다. 정령으로 그토록 오래 살 때도 느껴보지 못했던 특별한 기쁨을 인간으로 고작

2년여를 살면서 체험할 줄이야. 요즘 같아서는 그녀를 인간으로 만들어 준 푸르에게 고맙다는 생각이 들 정도였다.

한편 포르티가 구입한 주택은 무혼이 살고 있는 집과 아주 가까웠다. 포르티는 집을 살 때까지만 해도 설마 무혼과 이웃이 될 줄은 상상도 못 했다.

그런데 무혼은 누가 봐도 용자와는 거리가 먼 평범한 삶을 살았다. 무혼의 집은 포르티의 집보다 작았고 다소 허름할 정도였다. 옷차림도 아주 평범했고 전혀 화려하지 않았다.

그것은 루인도 마찬가지. 아름다운 외모를 제외하면 그녀는 그냥 보뇌르에 사는 평범한 아낙과 같은 느낌을 줄 정도로 수수한 옷차림이었다.

마음만 먹으면 가장 부유하면서도 화려하게 살 수 있는 무혼과 루인이 얼핏 지나가면 잘 몰라볼 정도로 평범하게 살고 있다니.

그러나 인간이 되어 아그노스와 결혼도 한 포르티는 무혼과 루인이 왜 그렇게 살고 있는지 이제 충분히 이해가 되었다. 그 역시 장구한 드래곤으로서의 삶보다 인간으로서의 지난 2년여의 삶에서 느꼈던 행복감이 훨씬 컸으니까.

어쨌든 친한 이웃이 있다는 것은 매우 좋은 일이다. 아그노스는 수시로 루인을 찾아가 수다를 떨었고, 포르티도 낮의 업무를 마치고 집으로 돌아오면 저녁때는 무혼의 집을 찾아가 함께 저녁을 먹기도 했다.

그뿐만 아니라 워낙 사교성이 좋은 포르티는 집 근처의 어지간한 사람들과는 다 친했다. 아그노스 역시 마찬가지였다. 그들은 누군가 어려운 일이 생기면 발 벗고 나서주기도 했다.

포르티는 지금은 로즈 상단이라는 중소 상단의 단주였다. 경영난에 허덕여 도산 직전이던 로즈 상단을 그동안 모은 전 재산을 털어 인수한 후 훌륭하게 살려낸 것이다.

따라서 그는 이제 조금 지나면 샤만다가 거하고 있는 보뇌르의 고급 저택가에 위치한 화려한 저택을 살 수 있을 만큼 부유해질 것이다.

그러나 처음 인간이 되어 장만한 이 집을 떠나고 싶은 생각은 없었다. 지금 살고 있는 집에 충분히 만족했고 무엇보다 친구 무혼이 근처에 살고 있었다.

Chapter 7

용자로서
가장 소중한 것은?

탁탁탁.

무혼은 파와 야채를 썰어 쫄깃한 면과 육수가 가득 들어 있는 그릇들에 담았다.

"여기 국수 나왔습니다."

"고마워요."

손님은 30대 초반쯤 되어 보이는 여인과 10살 정도 되어 보이는 소년이었다. 몇 년 전 병으로 남편을 잃고 이 도시 저 도시를 떠돌던 그녀는 며칠 전 보뇌르로 왔다고 했다.

예전 귀족들이 착취하던 때와 달리 최근에는 최저 임금 이 보장되다 보니 그녀가 일을 하기만 하면 두 모자가 먹고 사는 데 지장은 없을 것이다. 그러나 그런데도 도시를 떠돌며 방황을 하는 것을 보면 무언가 다른 사연이 있어 보였다.

여인이 그에 대해서는 별다른 말을 하지 않았지만 무혼은 그 이유가 그녀의 아들 때문임을 대략 짐작했다. 소년의 건강이 좋지 않았기 때문이다. 그녀는 아들의 비싼 약값을 대다 보니 항상 쪼들릴 수밖에 없었으리라.

초월경에 이른 무혼은 그저 사람을 한 번 슥 보는 것만으로도 그의 육체가 가진 균형이 어느 부분에서 깨져 있는지 알 수 있다. 조금 전 살펴보니 소년의 경우는 심장 부분의 균형에 상당한 문제가 보였다.

후룩.

조용히 국수를 먹고 있는 소년은 아이답지 않게 말이 없었다. 병으로 고생한 탓인지 안색이 창백했고 몸도 무척 말랐다. 우울하고 침울해 보이는 표정 또한 병으로 고생한 탓이리라.

그러나 소년이 어찌 알 수 있으리오. 노지즈 해역의 절대 용자인 무혼이 환계 연금술의 정화가 담긴 국수를 그에게 만들어 주었다는 사실을. 그리고 그 국수의 신비한 효능이 그의 심장을 완벽하게 치료하고 있음을 말이다.

무혼은 소년을 보는 순간 어떤 종류의 포션을 육수에 섞어야 할지 알았고, 소년에게 내민 국수에는 그 병을 완치할 수 있는 기적의 효능이 깃들어져 있었다.

물론 그러한 기적이 벌어지고 있음을 소년은 물론 여인도 전혀 짐작하지 못했다. 설령 지금 이 순간 국수에 뭔가 신비한 효능이 있음을 느낀다 해도 천막집을 나서는 순간 이곳에서의 기억은 사라져 버리게 되리라.

후룩! 후루룩—!

국수를 먹는 소년의 혈색이 눈에 띄게 좋아졌다. 여인도 그것을 보자 신기한 듯 두 눈을 둥그렇게 떴다. 그녀 역시 국수를 먹는 순간 항상 피로에 젖어 있던 몸에 활력이 솟아났다.

그냥 기분 탓이겠지. 설마 1렐짜리 싸구려 국수에 그런 신비한 효능이 있을 리는 없을 것이라며 여인은 속으로 실소를 흘렸다.

잠시 후 그녀는 국수 그릇을 말끔히 비웠고, 소년도 국물 하나 남기지 않았다. 약이라 생각하고 먹은 것이 아니라 국수가 그만큼 맛있었기 때문이다. 둘은 아직도 자신들에게 무슨 일이 벌어졌는지 모르지만 이상하게 기분이 좋았다.

"여기 얼마죠?"

"두 그릇이니 2렐입니다."

여인은 흔쾌히 2렐을 내어놓고는 빙그레 웃었다.

"호호! 아주 잘 먹었어요. 앞으로 여기 단골이 되어야겠군요."

그녀의 말은 진심이었다. 가능하면 매일, 그것도 하루에 몇 번이든 배가 고프면 와서 국수를 먹고 싶은 심정이었다. 가격도 너무 싸다. 집에서 뭘 만들어 먹어도 이보다는 돈이 더 들 것이다.

무혼은 빙긋 웃으며 고개를 끄덕였다.

"하하! 단골이 되어 주신다니 정말 고맙습니다. 다음에 오면 더 맛있는 국수를 만들어 드리지요."

물론 그럴 가능성은 희박했다. 이 모자는 이미 충분히 건강해졌으니 다시 국수를 먹을 필요가 없기 때문이다. 아마 둘은 죽을 때까지 잔병 없이 건강하게 살 수 있게 될 것이다.

꾸벅.

"안녕히 계세요."

무의식적으로 그런 놀라운 선물을 받았음을 느낀 것일까? 소년이 해맑은 미소를 지으며 무혼에게 인사를 한 후 천막을 나갔다.

씨익.

마지막 소년의 맑은 미소를 보자 무혼은 흐뭇한 미소가 절로 나왔다. 예전 무공이 초월경의 경지에 이르렀을 때보다 더한 기쁨을 느꼈다고 해도 과언이 아닐 정도다.

행복하다.

이런 것이 인간의 진정한 행복인 것일까?

지난 2년여 동안 절실히 느끼는 중이었다. 세상에 이토록 뿌듯한 행복이 존재하고 있음을. 무혼이 그토록 강해지고 또한 자유롭고자 했던 것의 목적 또한 결국 삶의 소소한 행복을 누리기 위함은 아니었을지?

끝없이 강해지는 것! 아무에게도 구속되지 않는 자유! 그것은 물론 중요하다. 하지만 오직 그것만 추구하다가는 결국 허무함만이 남을 뿐.

남에게 강제로 얽매이지 않고 혼자서 자유롭게 살고자 하는 진정한 목적은 바로 이렇게 힘들고 어렵게 사는 이들을 도와주고, 그들이 삶의 행복함을 누릴 수 있게 하는 데 있는 것이다.

확실히 그랬다. 그것은 용자로서 사악한 마왕과 마족들을 해치우는 것보다 훨씬 더한 기쁨을 무혼의 가슴에 안겨주었다.

마왕을 해치우는 일은 이러한 행복들을 지키기 위한 수단일 뿐이다. 마왕과 마족들은 인간들이 행복을 누리지 못하게 방해하기 때문이다.

용자인 무혼이 궁극적으로 지켜야 할 것은 바로 조금 전 그 소년이 지은 해맑은 미소와 같은 것들이다. 또한 아이가 건강을 되찾는 것을 보고 흐뭇해하는 여인의 행복한 표정과 같은 것들이리라.

'고맙소, 루인.'

무혼은 루인이 정말 고마웠다. 루인이 아니었다면 무혼은 세상에 이러한 행복이 존재하는지 잘 몰랐을 것이다. 머리로 추정은 할 수 있어도 가슴으로 느껴보지 못했기에, 언젠가 그의 가슴은 텅 비어 버렸을지 모른다.

그러나 이런 행복이 존재함을 충분히 느껴본 이상 그 어떤 상황에도 그의 마음이 텅 빌 일은 없었다. 이후로 절대 용자로서 끝없이 마왕이나 타락한 용자들과 맞서 싸울지라도 고독해하거나 허무해하지 않을 수 있을 것이다.

출렁.

그때 천막이 열리며 웬 소녀가 들어왔다. 거리를 지나는 수많은 사람들 중 무혼이 특별히 선택한 사람만 이 천막집을 발견하고 들어올 수 있다. 지금 들어온 소녀는 여러모로 매우 심각한 상태였기에 무혼이 사실상 반강제로 불러온 것이나 마찬가지였다.

10대 후반의 소녀 리셀은 자신이 갑자기 국수를 파는 천막 안으로 들어온 것에 고개를 갸웃했다. 그녀는 국수를 먹고 싶은 생각이 전혀 없었다. 물론 허기는 진 상태지만 국수가 아니라 그 어떤 것도 먹고 싶지 않았다.

입맛이 없는 것도 있지만 그보다 그녀는 무언가를 먹을 만한 정신이 없었다. 그녀는 모든 것이 허망했고, 또 우울했기에, 그녀가 살아서 할 수 있는 최후의 행동을 하러 가는 중이었다.

그렇다. 리셀은 자살을 하러 가는 중이었다. 스스로 목숨을 끊는다는 것은 결코 쉬운 일이 아니었지만, 하루하루 사는 것이 고통이었던 그녀로서는 차라리 죽음을 선택해 모든 고통에서 자유로워지고 싶었다.

그녀의 몸은 병들어 있었다. 폐가 나빠 기침은 항상 달고 살았고, 피부에는 온갖 알 수 없는 종창이나 종기들이 가득했다. 그로 인해 잠시도 견딜 수 없을 만큼 가렵고 아팠다.

그러나 단순히 병의 고통 때문에 죽고 싶은 것은 아니었다. 그녀도 어찌할 수 없는 마음의 고통이 가장 문제였다.

지금이야 보뇌르가 비교적 살 만해지긴 했지만 몇 년 전까지만 해도 이곳은 무척 끔찍한 곳이었다. 당시에는 잘 몰랐지만 지금 생각해 보면 그때가 얼마나 불행한 시절이었는지는 보뇌르에 살고 있는 이들이라면 누구든 공감하고 있는 사실이었다.

고아였던 리셀은 그녀가 여자라는 것을 알기도 전에 성폭행을 당했다. 그와 같은 일은 그 후로도 숱하게 벌어졌다. 그러다 보니 그녀가 지금까지 목숨을 부지하게 해 준 것은 오직 악과 독기뿐이었다.

리셀은 먹고 살기 위해 몸을 팔아야 했고, 도둑질도 했다. 심지어 빵 한 조각을 위해 남들을 속이기도 했다.

물론 그와 같은 일들은 그 당시에 매우 흔했다. 리셀은 모르고 있을 뿐 그녀가 살고 있던 로드리아 대륙은 마왕 유레아즈에게 장악된 마계였으니까.

마왕의 부하들인 마족들이 로드리아 대륙을 암중에서 지배하며 인간들을 악랄한 방법으로 착취하고 끊임없이 고통을 가했음을 리셀이 어찌 알 수 있겠는가.

리셀은 그저 남들이 하는 대로 따라 했고, 살아남기 위해 남들을 속여야 했다. 그녀의 소원이 있다면 돈을 왕창 벌어 관원이 되는 것이었지만 아무리 몸부림쳐도 돈은 항상 부족했다. 하루하루 먹고 살기도 쉽지 않았다.

그런데 갑자기 세상이 바뀌었다. 최저 임금이 올랐고 생계비는 몇 분의 일로 떨어졌다. 무서운 관원들은 매우 친절하게 변했다.

그뿐인가? 보뇌르에서 남을 속이는 일은 매우 나쁜 일로 취급되었고, 그러한 일을 하는 이들은 벌을 받았다. 관원은 물론이고, 부유한 귀족과 같은 자들도 나쁜 짓을 하면 혹독한 벌을 받는 세상이 되었다.

심지어 보뇌르에는 푸르의 법이라는 것도 생겨나 밤거리에서 사람들을 괴롭히던 부랑배나 양아치들이 모두 사라졌다.

이제 보뇌르는 누구나 열심히 일하면 넉넉하게 먹고 살수 있는, 그러면서도 로드리아 대륙에서 가장 안전한 도시였다.

하지만 리셀은 마음이 점점 텅 비어갔다. 사람들이 행복해하는 것을 보면서도 정작 그녀는 불행했다. 과거에 그녀가 저지른 일에 대한 죄책감 때문도 있지만, 그때 그녀가 받았던 숱한 상처들 때문이었다.

그런데 사실 보뇌르에서 리셀과 같은 이들이 결코 적지 않았다. 그저 먹고 사는 데 있어서 편해졌다고 해서 불행했던 사람들이 한순간에 행복해질 수는 없기 때문이다.

다행히 몇 년 전 로드리아 대륙을 순회한 달의 엘프들의 신비한 연주를 들었던 자들은 비교적 쉽게 과거의 좋지 못한 기억들을 잊어버리고 행복한 삶을 살아가고 있지만, 아쉽게도 리셀처럼 그 연주를 듣지 못한 이들도 많았다. 그들은 여전히 마음의 고통에 시달리며 그때와 다름없는 불행한 삶을 살았다.

결국 그들 중 일부는 삶의 가장 불행한 선택을 통해 고통스러운 생을 마무리 짓기도 했다. 리셀도 마찬가지. 그녀는 수십 번을 망설였던 그 길을 오늘은 반드시 가고 말겠노라고 스스로에게 다짐한 후 집을 나선 것이었다.

어떻게 죽을지는 아직 결정 안 했다. 그건 중요하지 않다. 어차피 어떤 식으로든 죽을 작정이었으니까.

그녀의 눈에는 독기(毒氣)도 악기(惡氣)도 심지어 절망감조차도 없는 허무함만이 짙게 배어 있었고, 그녀는 한 걸음 한 걸음 죽음을 향해 다가가고 있었다.

그런데 갑자기 그녀의 앞을 웬 천막이 가로막았고, 그녀는 무심결에 그 안으로 들어오고 말았던 것이다.

"하하하! 손님, 어서 오십시오. 거기 자리에 앉아 잠깐만 기다려 주세요. 손님을 위해 아주 특별히 맛있는 국수를 준비하겠습니다."

천막 안에는 웬 청년이 환한 미소를 지으며 리셀을 맞이했다. 국수를 파는 청년의 힘찬 환영 인사를 받으니 리셀은 어리둥절했다.

스윽.

다시 밖으로 나가려던 그녀는 자신도 모르게 의자에 앉았다. 청년의 햇살 같은 미소를 보자 왠지 마음이 편안해지는 느낌이 들었기 때문이었다.

무엇보다 천막 안에 진동하는 육수 냄새의 향이 너무 기막혔다. 순간 죽기 전에 마지막으로 국수 한 그릇은 먹는

게 어떨까, 하는 엉뚱한 생각이 문득 들었다.

부시럭.

그녀는 조급히 주머니를 뒤졌다. 찾아보니 단돈 1렐. 그것이 마지막 재산이다. 이걸로 국수를 먹을 수 있을까?

"저기."

리셀은 1렐을 식탁 위에 내려놓으며 힘없이 말했다.

"돈이 이것뿐이네요. 국수 값으로 부족하면 나갈게요."

"1렐이면 충분합니다."

청년은 빙긋 웃으며 한쪽을 가리켰다. 그곳엔 모든 국수 값이 1렐이라고 큼직한 글씨로 적혀 있었다. 리셀은 그제야 안심하고는 조용히 국수가 완성되기를 기다렸다.

'고작 1렐짜리 국수도 있었나.'

최저 임금이 1젤이니 단 하루만 일하면 이곳의 국수 백 그릇을 먹을 수 있을 것이다. 리셀은 과연 청년이 1렐짜리 국수를 팔아서 얼마를 남길 수 있을지 의문이 들기도 했지만 더 이상 깊게 생각하지 않았다.

잠시 후면 죽을 몸인데 그런 걸 따져서 뭐해? 그냥 마지막으로 국수나 한 그릇 먹고 가면 그뿐인 걸.

탁. 타타탁!

허무한 눈빛으로 앉아 있는 리셀의 눈에 청년이 면을 삶고 부지런히 파와 야채를 써는 모습이 들어왔다. 국수는 금세 완성되었다.

"자, 아주 기막히게 맛 좋은 국수가 드디어 완성되었습니다."

청년은 국수 그릇을 들고 와 리셀의 앞에 내려놨다. 그녀는 기막히도록 맛좋은 국수라며 자화자찬하는 청년의 태도가 왠지 우스웠지만 가까이에서 국물 냄새를 맡자 그 생각이 싹 사라졌다. 그녀는 황급히 젓가락을 들고 국수를 먹기 시작했다.

후룩! 후루룩.

'와아! 너무 맛있어.'

면도 살아 있고 국물은 끝내줬다. 세상에 이토록 맛있는 국수가 존재할 줄이야.

그런데 리셀은 돌연 졸음이 산더미처럼 밀려왔다. 도저히 참을 수 없는 졸음이었다.

"……."

졸음을 이기기 힘들었던 그녀는 결국 국수 그릇을 힘겹게 밀쳐놓고 식탁 위에 그대로 엎드려 잠이 들어 버렸다.

츠으으읏.

그때 천막 안에 환한 빛이 일어나더니 자줏빛 머리의 여인이 나타났다. 다름 아닌 루인. 그녀는 집에서 꽃을 가꾸고 있다가 무혼이 다급히 부르자 마법진을 타고 온 것이었다.

"무혼, 날 불렀나요?"

"그렇소. 저 소녀의 병은 고쳐났지만 저대로 두면 왠지
죽을 것 같은 느낌이오."

루인은 무혼이 자신을 부른 이유를 잘 알았다. 환계 연금
술의 포션만으로 완치시킬 수 없는 중환자가 나타났을 때
무혼은 루인의 도움을 요청했다. 지금이 바로 그 경우로 보
통 이삼일에 한 번씩은 벌어지는 일이었다.

루인의 맑은 두 눈이 천막 안 식탁 앞에 엎드려 잠든 소
녀를 향했다. 순간 루인의 두 눈이 커졌다. 그녀는 침중한
표정으로 고개를 돌려 무혼을 쳐다봤다.

"사악한 죽음의 기운이 마음을 온통 뒤덮고 있네요. 서
둘러야겠어요. 저대로 두면 틀림없이 자살을 하고 말 거예
요."

"그럴 줄 알았소."

무혼은 고개를 끄덕였다. 그가 아무리 용자라도 자살을
하겠다는 사람을 막는 건 불가능하다. 그러나 현자 루인과
함께라면 가능하다.

"그럼 부탁하겠소, 루인."

"제 손을 잡아요."

무혼과 루인은 한 손을 마주 잡고 소녀 리셀의 곁으로 걸

어가 그녀의 몸에 자신들의 남은 한 손을 얹었다. 루인의 두 눈에서 투명한 푸른빛이 번쩍이는 순간 그들의 몸은 이 내 눈부신 빛에 휩싸였다.

철썩! 촤아아아아!

시야를 가렸던 빛이 사라지는 순간 무혼과 루인은 백사 장 위에 서 있었다. 현실과 무의식의 경계에 존재하는 백사 장. 그들은 소녀 리셀의 무의식으로 들어온 것이었다.

백사장을 따라 멀리 펼쳐진 에메랄드빛 아름다운 바다는 물론 차원의 바다였다. 그리고 백사장 안쪽의 울창한 숲은 소녀 리셀의 무의식과 연결된 차원 세계였다.

숲은 겉보기에는 매우 평화로워 보이지만 막상 그 안으로 진입하면 그 실체를 드러내게 된다. 리셀의 상태로 보아 매우 심각하고 끔찍한 것들이 존재하고 있을 가능성이 높 았다.

"숲으로 들어가요, 무혼."

"그럽시다."

무혼이 고개를 끄덕이고는 앞장섰고 루인이 뒤따랐다. 예전 같으면 숲에 무엇이 있을지 몰라 두려움에 조금은 망 설였을 루인이지만, 무혼이 있는 이상 전혀 걱정하지 않았 다. 그녀는 마치 새로운 곳을 여행하듯 느긋한 표정이었다.

무혼 역시 마찬가지였다. 이곳 세계는 노지즈 해역에 속한 곳도 아닌, 소녀 리셀만의 고유한 세계다. 그런 만큼 다른 곳에서 볼 수 없는 독특한 절경이나 기이한 동식물이 많으리라. 그런 것들을 구경하는 것은 매우 흥미로운 일이 아닐까?

물론 본래라면 남의 무의식 세계를 훔쳐보는 것은 무척 실례가 되는 일이다. 특히나 지금처럼 리셀의 허락을 받지 않고 들어온다는 것은 더더욱.

그러나 그러한 것들을 고려하기에는 리셀의 상태가 너무 심각했다. 환계 연금술의 정화가 깃들어진 포션을 먹으며 몸은 건강해졌지만 마음의 병은 그대로였기에, 리셀은 천막을 나가는 즉시 자살을 시도할 것이 분명했다.

따라서 그녀가 잠에서 깨어나기 전에 그녀의 무의식에 존재하는 사악한 기운을 제거해야 한다. 한가히 경치 구경이나 할 때는 아니었다.

스스스.

아니나 다를까, 무혼과 루인이 숲으로 진입하는 순간 예상했던 대로 상공은 시커먼 먹장구름으로 뒤덮었다. 사방은 칠흑 같은 암흑에 휩싸여 버렸다.

화악.

루인이 한 손을 흔들자 환한 광채의 덩어리가 상공으로

날아올라 가 사방을 밝혔다. 흡사 태양과도 같이 밝은 빛이 일어나자 사방은 다시 낮처럼 밝아졌다.

그 순간 암흑이 가리고 있던 추악한 장면들이 눈앞에 실체를 드러냈다.

꾸물꾸물.

숲의 나무들을 갉아 먹고 있는 수많은 벌레들! 온갖 종류의 흉측한 벌레들이 땅바닥을 가득 메우고 있었다.

웅웅웅!

추르! 추르르르!

땅만이 아니다. 상공에도 무수한 날벌레들이 날아다녔다. 이러한 것들이 무의식의 숲을 장악하고 있었으니 리셀의 상태가 어찌 정상일 리 있겠는가.

벌레들은 오래도록 자신들이 장악하고 있던 숲에 낯선 이들이 나타나자 난폭하게 달려들었다. 그러나 그것들은 무혼이 가볍게 휘두른 손짓 하나에 모조리 가루로 변해 흩어져 버렸다.

파스스스.

시야를 가득 메웠던 무수한 벌레들이 일제히 가루가 되어 흩어지는 장면은 일견 장관이었다. 그러나 아직 끝나지 않았다. 무혼은 무심한 눈빛으로 상공을 노려봤다.

키키키키!

그곳엔 거대한 전갈 형상의 괴수가 시뻘건 날개를 펄럭이며 떠 있었다. 괴수의 앞발 중 하나에는 만신창이가 된 소녀 하나가 움켜쥐어진 채 축 늘어져 있었다.

　콰직!

　괴수의 기세는 매우 험악했으나 무혼 앞에서는 가소로울 뿐이었다. 마치 천공에서 뇌전이 내리치듯 시퍼런 빛이 번쩍하는 순간 괴수의 몸체는 수천 조각으로 잘려 흩어져 버렸다.

　휙!

　괴수가 사라지자 소녀가 떨어져 내렸다. 무혼이 그녀를 받아 땅에 조심스레 내려놨다.

　완전히 만신창이가 된 어린 소녀.

　고작 대여섯 살이나 되었을까? 어린 소녀의 얼굴은 리셀을 닮았다. 마치 리셀의 어린 시절 모습 같았다. 그러나 도무지 사람이라 할 수 없을 만큼 처참하게 망가져 있었고 생기라곤 거의 느껴지지 않았다. 아마도 벌레들과 괴수에게 참혹한 괴롭힘을 당했기 때문인 듯했다.

　무혼이 루인을 쳐다보자 루인은 고개를 끄덕였다. 곧바로 그녀는 주문을 외웠다.

　"자유의 빛! 그대에게 고통을 주는 모든 사악한 기운은 물러갈지어다. 이제 그대를 구속하는 것은 없으니 마음의 자유를 찾으라. 치유의 빛! 모든 상처가 아물고 고통이 사라지리라……."

루인의 손에서 환한 빛이 거듭 일어나 소녀의 전신을 감쌌다.

스스스스!

곧바로 만신창이 소녀의 몸에 있는 상처들이 빠른 속도로 회복되기 시작했다. 잠시 후 빛이 사라진 후에 소녀의 몸은 갓 태어난 아기처럼 깨끗하게 변했다.

그때 소녀가 눈을 뜨더니 루인과 무혼을 향해 빙긋 미소를 지었고, 그대로 환영처럼 사라졌다.

휘이이이이.

동시에 빛의 폭풍이 휘몰아쳤고 어둡던 하늘이 밝아졌다. 시커먼 먹장구름이 흔적도 없이 물러나며 푸른 하늘이 모습을 드러냈다.

벌레들에 의해 황무지처럼 되어 있던 숲이 본래의 울창함을 회복했다. 곳곳에 초원도 펼쳐져 있었고, 맑은 호수 속에는 온갖 신비한 색의 물고기들이 헤엄을 치고 있었다.

후루룽! 후루룽!

히히히힝!

칠색의 찬연한 날개를 펄럭이며 날아다니는 예쁜 새들, 이마에 은빛의 뿔이 달린 늘씬한 말의 모습도 보였다.

그것들을 본 루인이 미소 지었다.

"호호! 저것 봐요, 무혼. 예쁘고 신기한 동물들이 많이 있네요."

무혼도 미소 지었다.

"리셀의 무의식 세계가 본래의 모습을 되찾은 것 같아 다행이오."

방금 전 루인에게 치료를 받은 후 사라진 어린 소녀는 리셀의 상처받은 과거 자아였다. 어린 시절 말로 형언할 수 없는 끔찍한 고통을 받았던 리셀은 육체적으로 나이는 먹었지만, 그녀의 무의식 속에서 상처받았던 아이로서의 자아는 그대로 남아 계속 고통을 받고 있었던 것이다.

다행히 루인에 의해 그 상처가 치료되자 비로소 리셀의 상처받은 과거 자아는 자유를 얻고 사라졌다.

그와 동시에 그녀의 무의식 세계는 본래의 모습을 회복한 것이었다. 새롭게 펼쳐진 숲의 절경은 바깥세상 어떤 곳에서 보는 것보다 신비롭고 아름다웠다.

루인은 그것들을 보며 기뻐했고 무혼 역시 뿌듯한 미소가 입가에서 떠나지 않았다. 이 또한 무혼과 루인이 느낄 수 있는 삶의 소소한 즐거움 중 하나였다.

둘은 잠시 숲의 절경을 감상했다. 보면 볼수록 감탄이 나오는 아름다운 경치들이었다.

"무혼, 이제 그만 가요. 이곳에 너무 오래 머무르는 건 실례겠죠."

"하긴 그러는 게 좋겠소."

무혼이 고개를 끄덕이자 그들의 몸은 이내 푸르고 투명한 빛에 휩싸였다. 그 빛이 사라진 후에 무혼과 루인은 리셀의 앞에서 손을 잡고 있는 모습 그대로 돌아왔다.

리셀은 여전히 잠들어 있었다. 루인은 그녀의 머릿결을 살짝 쓰다듬어 주며 말했다.

"이제 리셀의 몸과 마음은 모두 건강해졌어요. 더 이상 염려하지 않아도 될 거예요."

"수고 많았소, 루인. 먼저 집으로 돌아가 있으시오. 난 이곳을 정리하고 가겠소."

"그래요."

루인은 빙그레 웃으며 마법진 위로 올라갔다. 그녀의 몸이 찬란한 마나의 빛에 휩싸여 사라지자 마법진 역시 투명하게 변해 시야에서 사라져 버렸다.

"으음?"

국수를 먹다 갑자기 졸음이 쏟아져 잠들었던 리셀은 비로소 잠에서 깨어났다. 그녀는 그사이 자신의 무의식에서 무슨 일이 벌어졌는지 전혀 짐작도 못 했다. 아니, 자신이 잠시 동안 잠이 들었는지도 자각하지 못하고 국수를 마저 먹기 시작했다.

후룩. 후루룩.

리셀은 정말 맛있게 먹었다. 세상에 이렇게 시원하고 맛있는 국수가 있다는 것이 무척 신기했다.

그런데 이상하게도 국수를 먹는데 눈물이 나는 것이었다. 왜 맛있는 국수를 먹는데 눈물이 나는 것일까?

'으흑……!'

처음에는 눈가에만 살짝 맺혔던 눈물이 이내 굵은 눈물이 되어 뺨으로 흘렀다. 국수를 먹으며 고개를 숙인 그녀의 볼 아래로 눈물이 비처럼 흘러내렸다. 낯선 국수 파는 청년 앞에서 청승맞게 우는 모습을 보이고 싶지 않아 그녀는 더욱 고개를 숙였다.

"……."

그런데 이게 대체 어찌 된 일일까? 리셀은 항상 그녀를 우울하게 하던 알 수 없는 마음의 응어리가 완전히 사라진 기분이 들었다.

보지 않아도 느낄 수 있었다. 매일 죽고 싶을 정도로 마음을 무겁게 하던 그 끈적끈적한 점액질 같은 어둠의 응어리가 사라져 있음을.

마음이 이토록 가벼울 수가!

정말로 이상한 일이지만, 그래서인지 죽고 싶은 생각도

사라졌다. 왜 자신이 과거의 상처에 얽매여 그토록 스스로를 고통으로 옭아맸는지 실로 어처구니가 없을 정도였다.

이제 살아야 한다. 죽기는 왜 죽어?

리셀은 살고 싶었다. 그것도 아주 오래오래 잘 살고 싶었다. 누구에게나 보란 듯 행복하게. 더 이상 과거의 불행했던 상처 따위에 눌리지 않을 것이며 자살은 더더욱 생각도 하지 않을 것이다.

"국수 맛있게 정말 잘 먹었어요. 다음에 또 올게요."

리셀은 손등으로 눈물을 닦은 후 벌떡 일어나 씩씩하게 말했다. 무혼은 고개를 끄덕였다.

"하하! 저야 언제든 환영입니다."

"그럼 많이 파세요."

리셀은 무혼을 향해 해맑은 미소를 보내고는 천막을 나갔다. 무혼은 리셀의 그 미소를 보며 흐뭇한 심정을 금할 수 없었다.

그는 지난 2년여 동안 저와 같은 미소를 얼마나 많이 보았는지 모른다. 그렇게 많이 봤으면서도 결코 질리지 않았다. 그것은 앞으로도 마찬가지일 것이다.

"좋아. 오늘은 이만하고 집으로 가야겠군. 모처럼 루인에게 줄 선물을 사갈까?"

무혼은 천막을 잘 정리하고 보뇌르의 시장으로 향했다.

어떤 선물을 사줄까 고민하던 중 예쁜 루비 반지가 눈에 띄었다.

'저게 좋겠군.'

무혼은 주머니를 털어 반지를 샀다. 사실 그의 아공간과 환계의 창고에는 이와 비할 수 없이 좋은 보석 반지들이 수두룩하지만, 무혼은 자신이 국수를 팔아 모은 돈으로 선물을 사는 것이 즐거웠다. 루인 역시 그렇게 사 준 선물을 더욱 기뻐했다.

잠시 후 집에 도착한 무혼은 루인의 손에 루비 반지를 끼워 주었다.

"웬 반지죠?"

루인의 두 눈이 휘둥그레졌다.

"선물이오. 그냥 주고 싶었소."

"그래도 꽤 비싼 걸 텐데."

루인은 비싼 걸 왜 사 왔냐는 듯 눈을 흘겼지만 내심 무척 기뻐하는 눈치였다. 무혼은 루인을 바라보며 말했다.

"루인, 요즘 나는 무척 행복하다오."

"저도요. 요즘처럼 행복한 적이 없어요."

루인이 미소 지으며 말을 이었다.

"앞으로도 당신과 오래도록 이렇게 살고 싶어요. 그러면 얼마나 좋을까요?"

무혼이 웃었다.

"하하! 그것이 뭐 어렵겠소?"

순간 루인이 무혼을 빤히 바라봤다. 무혼을 바라보는 그녀의 눈빛이 돌연 촉촉해졌다. 그 눈빛에 무언지 모를 슬픔이 어려 있는 듯해 무혼이 놀라 물었다.

"왜 눈물을? 무슨 일 있소, 루인?"

그러자 루인이 밝게 웃으며 무혼의 목을 끌어안았다.

"호호! 아무 일도 없어요. 그냥 너무 좋아서 눈물이 나왔을 뿐이죠."

좋아서 눈물을 흘린 것이었던가? 그렇다고 보기엔 조금 전 루인의 눈빛이 너무 서글퍼 보였는데.

"루인, 무슨 염려를 하는지 모르겠지만 난 당신을 절대 떠나지 않을 것이오. 당신과 영원히 함께 있을 것이니 걱정 마시오."

무혼은 루인을 꼭 안아 주며 말했다. 그러나 무혼은 자신의 품에 안긴 루인의 눈에 다시 눈물이 살짝 맺힌 것을 보지 못했다.

Chapter 8
초용군단(超龍軍團)

인간이 어떤 식으로든 미래의 일을 예감할 수 있다는 것은 결코 좋은 일만은 아니다. 만일 행복한 미래에 대한 예감이라면 당연히 즐거운 일이겠지만, 혹시라도 불행한 미래에 대한 예감을 하게 된다면, 그럼에도 불구하고 그에 대해 그 어떤 조치도 취할 수 없는 상태라면 어떻게 될까?

지금 루인이 그랬다. 그녀는 자신이 현자라는 사실이 원망스러웠다. 차라리 아무것도 예감할 수 없다면 그냥 지금 이 순간의 행복에만 취해 즐거워할 수 있으련만.

그러나 그녀는 용자를 도와 노지즈 해역을 지켜야 하는 막중한 책임을 지닌 현자다. 그녀가 원하든 원치 않든 그녀에게는 항상 특별한 예감들이 찾아온다. 그녀는 그 예감을 분석하고 그에 대해 조치를 취해야 한다.

이로이다 대륙을 위기에서 구할 때도, 예전 아마스칼의 위협을 물리칠 때도, 그 이전에 트레네 숲의 하늘 호수를 찾아올 때도 모두 그러한 예감에 기인했다.

그런데 지금 그녀에게 찾아온 예감은 그때와는 전혀 달랐다. 그동안은 어떤 식으로든 노력하면 바꿀 수 있는 미래에 대한 예감이었다면, 지금 그녀에게 떠오른 예감은 그녀가 무슨 수를 써도 바뀔 수 없는 확고부동한 미래에 대한 일종의 계시와 같았다.

마치 피할 수 없는 숙명에 순응을 하듯, 그저 그 예감된 미래가 찾아올 것에 대해 마음의 준비를 하는 것 외에는 다른 방법이 없었다.

어째서 이토록 가혹한 운명이 존재하는 것일까? 루인은 몸부림치도록 그로부터 벗어나고 싶었지만 그것이 불가능함을 알았다.

어쩌면 바로 그러한 미래가 다가올 것이란 예감에 무혼과 잠시라도 평범한 삶을 살고 싶었는지도 모른다. 물론 무혼에게 그와 같은 행복이 존재함을 알려 주고 싶은 마음도 있었지만, 동시에 그녀 역시 그와 함께 행복한 순간을 보내고 싶은 욕구도 있었으니까.

그런데 이제 그 소중했던 시간이 모두 지나갔다. 무혼과 함께 보냈던 그 행복한 시간들은 남은 천 년 동안 추억이 되어 그녀의 가슴속에 남아 있게 되리라.

루인에게 한 가지 소망이 있다면 지금 떠오른 이 예감이 부디 틀렸으면 하는 것이었다. 아무리 현자라도 모든 예감이 다 들어맞을 수 없으니까. 때로는 스스로가 가진 불안한 마음들이 미래에 대한 불안한 예감을 만들어 마음에 고통을 가하기도 하기 때문이다.

아아, 정말로 그런 것 때문이면 얼마나 좋을까?

그나마 다행히 아직 그녀가 예감한 불안한 미래에 대한 그 어떤 징조도 보이지 않았다. 적어도 아직은.

아르아브 해역.

노지즈 해역에 비할 수 없이 거대한 아르아브 해역은 수많은 해역들과 연결되어 있는 만큼 각각의 해역들을 오가는 항해자들로 늘 붐볐다.

그렇다 보니 오래전부터 그러한 항해자들을 위한 항구들이 수없이 생겨났다. 물론 그 항구들은 차원의 바다의 중립자를 자처하는 오르덴들에 의해 운영되고 있었다. 티폰 항도 그중 하나였다.

티폰 항의 유흥가.

차원의 바다에 존재하는 여느 항구의 유흥가처럼 이곳도 지상과 상공, 그리고 지하로 나뉘어 각기 다른 분위기의 유흥가를 형성했다.

그중 도박장과 술집이 가장 밀집되어 있는 곳은 바로 지하에 위치한 유흥가로, 차원의 바다를 여행하는 여행객들에게 각종 유희와 향락을 제공했다. 물론 공짜는 아니다. 차원의 바다에서 통용되는 화폐인 베카가 없으면 그중 한 곳도 출입조차 불가능했으니까.

"우후훗! 어서 오세요. 이곳은 정령의 쉼터랍니다. 온갖 세계에서 잡아온 정령 노예들의 꿈 같은 봉사를 원하신다면 주저하지 말고 정령의 쉼터로 오세요."

"흐흐흐! 새로 들어온 엘프들과 드래곤 노예들이 있습니다. 무엇이든 가능하니 원하는 취향만 말씀해 주세요."

술집 입구엔 야릇한 복장의 정령이나 드래곤, 엘프들이 손님을 유혹했고, 하얀 상의를 입고 목에 나비 리본을 두른 말끔한 인상의 호객꾼들은 지나가는 여행객들에게 접근해 열띤 영업 행위를 했다.

검은 모자를 푹 눌러쓴 한 청년의 앞에도 호객꾼 소년 하나가 다가왔다.

"하핫! 멋진 신사분! 잠깐만요. 저희 술집은 처음 오시는 손님께는 특별한 서비스를……."

그러자 검은 모자 청년이 인상을 찌푸리더니 손을 휘저었다.

"그건 됐고, 혹시 사우루스, 라는 이름의 술집이 어디 있는 줄 아나?"

순간 호객꾼 소년의 두 눈이 커졌다.

"사우루스라면 저희 술집인데요?"

검은 모자 청년은 픽 웃었다.

"그거 잘됐군. 어서 그곳으로 날 안내해라."

"그런데 어떻게 찾아왔죠? 단골이 아니라면 우리 술집의 이름을 아는 손님은 거의 없는데요."

호객꾼 소년의 눈빛이 힐끗 검은 모자 청년의 몸을 훑었다. 청년이 싸늘히 웃었다.

"쓸데없는 데 관심 가질 것 없어. 나는 술집 주인과 아는 사이니 어서 안내나 해라."

"혹시 당신은?"

호객꾼 소년은 뭔가 짚이는 것이 있는지 검은 모자 청년을 뚫어져라 쳐다봤다. 그러다 그는 깜짝 놀라더니 이내 허리를 꾸벅 숙여 인사했다.

"이럴 수가! 유레아즈 님을 이곳에서 뵐 줄은 몰랐군요."

"나를 알고 있나?"

"헤헤! 저는 콘딜로스 님의 부하인 마족 테스투도입니

다. 노지즈 해역에 있을 당시 유레아즈 님의 명성은 숱하게 들었지요."

유레아즈는 혀를 찼다.

"쯧! 술집을 차린 것도 모자라 부하 마족들을 호객꾼으로 부려 먹다니 이게 무슨 짓인가? 돈이 필요하면 차라리 피라타 짓을 할 것이지 말이야."

그러자 테스투도는 울상을 지었다.

"크흑! 실은 저도 미칠 지경입니다만 콘딜로스 님이 시키니 어쩔 수 있겠습니까?"

테스투도는 최상급 마족이다. 몇 년 전까지만 해도 그는 노지즈 해역에 속한 세계 중 하나를 지배하며 떵떵거리며 살았는데, 그의 로드인 콘딜로스가 별안간 해역을 달아나 듯 떠나온 이후 테스투도는 술집 호객꾼 노릇을 하며 지내는 신세가 되고 만 것이었다.

본래 오르덴의 항구에 마왕이 술집을 차리기란 쉬운 일이 아니다. 오르덴들의 텃새가 심해 오르덴이 아닌 이들에게는 영업 허가를 잘 해 주지 않기 때문이다.

그러나 콘딜로스는 이곳 티폰 항의 오르덴들과 제법 안면도 있었고, 또한 티폰 항에 적지 않은 돈을 기부한 덕에 꽤 큰 술집을 차릴 수 있게 되었다.

그뿐이 아니다. 콘딜로스는 자신의 핵심 부하들인 로아

탄들과 최상급 마족들을 술집 종업원으로 부려 먹었고, 나머지 마족들과 마물들은 오르덴들의 상단을 호위하는 용병으로 투입해 돈을 꽤 많이 벌어들이는 중이었다. 심지어 마물 중 일부는 경매에 부쳐 팔아넘기기도 했다.

누가 마왕이 아니라고 그야말로 마왕다운 착취가 아닐 수 없다. 사실 유레아즈 역시 그 못지않은 악덕 마왕이라 남 말할 처지는 아니지만.

"아무튼 안내해라."

"예, 저를 따라오세요."

테스투도는 지하 깊숙한 곳에 위치한 술집 사우루스로 유레아즈를 안내했다. 사우루스는 마치 작은 지하 궁전을 연상케 하는 화려한 술집이었다.

다른 술집과 달리 이 술집엔 엘프 노예들이 유독 많았고 심지어 인간 노예들도 있었다. 그들은 노지즈 해역에 속한 세계에 살고 있던 자들로 콘딜로스가 그곳을 떠날 때 붙잡아 왔다.

차원의 바다에서 인간들의 경우 수명이 짧고 노화가 빨리되는 터라 노예로서의 가치는 금세 떨어지게 된다. 그래서 드래곤이나 정령 노예의 가치가 가장 높고, 그다음으로는 엘프나 매구와 같은 이종족들 순이었다.

따라서 술집에서 인간 노예들을 구경하기란 쉽지가 않았

다. 그런데 의외로 사우루스의 단골들 중에는 인간 노예들을 선호하는 이들이 많았다. 상대적으로 희귀하다는 이유에서였다.

콘딜로스는 인간 노예들을 여급이나 남급으로 부려먹으며 꽤 많은 돈을 벌었다. 종업원으로서 이용 가치가 떨어진 인간들은 먹잇감으로 만들거나 푸줏간으로 팔아넘겨 돈을 벌기도 했다.

사우루스의 은밀한 방에서는 인간들을 상대로 살육이 벌어지기도 했다. 이 술집은 콘딜로스의 아지트와 같은 곳이라 오르덴들은 이 안에서 어떤 살육이 벌어져도 관여하지 않았다.

"아아악!"

"크악!"

지금도 콘딜로스는 엘프와 인간들 중 각각 하나씩을 추려 무참히 살해한 후 식사를 즐기는 중이었다.

와드득! 우직! 쩝쩝!

노지즈 해역에 있을 때처럼 대량 학살을 통한 재미를 즐기지는 못하지만 그래도 한 끼에 인간이나 엘프 한둘은 늘 먹어치웠다. 그것이야말로 그에게 있어 삶의 낙이었다.

"유레아즈가 왔다고?"

"예."

"제길! 입맛 떨어지게 하는군. 당장 꺼지라고 해라."

밀실에서 식사를 즐기던 콘딜로스는 유레아즈의 방문이 달갑지 않았다. 둘은 친구라면 친구일 수 있지만 결단코 친한 친구는 아니다. 차라리 원수에 가깝다면 가까우리라.

그래서 콘딜로스는 그 즉시 축객령을 내렸지만 유레아즈는 그 말을 무시하고 덜컹 밀실 문을 열고 들어왔다.

"여전하군, 콘딜로스."

흑색의 모자를 눌러쓴 청년 유레아즈가 들어오자 콘딜로스는 인상을 구겼다.

"우라질! 네놈은 왜 꼭 식사할 때 오느냐? 그리고 술집에 왔으면 조용히 술이나 처먹을 것이지 왜 나를 찾느냐? 우리가 이렇게 따로 볼 만큼 친한 사이는 아닌 것 같은데 말이야."

"누가 네놈과 친한 사이라 했더냐? 용건이 있어서 왔으니 잠시만 시간을 내라."

"무슨 용건? 크큿! 혹시 돈 빌려 달라는 소리면 꿈도 꾸지 마라. 공짜 술을 먹겠다면 옛정을 봐서 한 잔 정도는 줄 수 있다만."

으직! 으적! 쩝쩝!

콘딜로스는 엘프의 생살을 뜯어 씹으며 말했다. 유레아즈는 어이없다는 듯 실소를 흘렸다.

"큭! 그럴 일은 없으니 염려 마라. 설사 돈 빌릴 일이 생겨도 오르덴들에게 빌리면 빌렸지 네놈 따위에게 돈을 빌릴 성 싶으냐?"

"그렇다면 다행이군. 그래. 용건이 뭐냐? 바쁘니 어서 말하고 꺼져라."

그러자 유레아즈가 기이한 미소를 흘렸다.

"용건이라기보다는 통보라 할 수 있지."

"통보?"

"그분이 널 부르셨다."

"그분? 그게 무슨 개소리냐? 감히 어떤 놈이 날 부른다는 거야?"

콘딜로스가 험악한 눈빛으로 노려보자 유레아즈가 싸늘히 웃으며 대답했다.

"리가스 루치페로."

"뭐, 뭐라?"

콘딜로스의 안색이 하얗게 변했다. 그는 잘못 들었나 싶었다.

"지금 뭐라고 했느냐?"

"귀가 먹었나 보군. 그럼 다시 말해 주지. 리가스 루치페로 님의 명령이야. 그러니 잔말 말고 모든 걸 챙겨서 합류해라."

"그, 그게 정말이냐?"

"물론이다. 그분께서는 네놈을 리가스 제1 초용군단 소속 399 전함대의 제독으로 임명하셨다. 네놈의 모든 것을 동원해 강력한 전함대를 만들어 최대한 빠른 시일 내에 제1 군단에 합류해라."

"……"

꿈에도 잊을 수 없는 그 이름 리가스 루치페로. 그는 타락한 용자로서 한 때 차원의 바다에서 전설적인 악명을 떨쳤던 자가 아닌가?

콘딜로스의 몸이 덜덜 떨렸다. 물론 그는 최근에 루치페로가 부활해 오르덴들과 전쟁을 벌이고 있다는 소문을 듣긴 했다. 처음에는 그저 헛소문인가 싶었는데 최근 오르덴들이 그의 이름을 거론하며 두려워하는 걸 보고 그것이 사실임을 확인했다.

콘딜로스가 오르덴의 항구에서 술집이나 운영하며 쥐죽은 듯 지내는 이유는 절대 용자인 무혼을 피하기 위함도 있지만 섣불리 돌아다니다 루치페로의 눈에 띄고 싶지 않았기 때문도 있었다.

그런데 마른하늘에 날벼락도 유분수지. 루치페로가 이미 그를 이미 지명해 자신의 세력에 합류하라고 했을 줄이야.

"크윽! 말도 안 돼. 그가 날 어떻게? 설마 네놈이?"

콘딜로스는 눈을 부릅뜨고 유레아즈를 노려봤다. 틀림없었다. 유레아즈가 루치페로에게 콘딜로스가 이곳에 있다는 사실을 밀고하지 않았다면 결코 벌어질 수 없는 일이다. 루치페로가 전쟁을 벌이고 있는 아이리스 해역은 이곳 아르아브 해역과는 꽤 멀리 떨어져 있지 않은가?

"으득! 어서 말해라. 네놈이 내가 이곳에 있다고 밀고했느냐?"

그러자 유레아즈는 싸늘히 웃었다. 물론 그것은 사실이었다. 그로 인해 그는 루치페로에게 상당한 공적을 인정받은 터였으니까.

"흐흐! 눈치도 빠르군. 물론 네놈이 이곳에서 술집을 하고 있다고 내가 밀고했다. 그랬더니 루치페로 님이 당장 네놈을 데려오라 하셨지."

"크크큿! 이 망할 자식! 죽여 버리겠다."

콘딜로스가 도끼를 번쩍 쳐들고 공격하려하자 유레아즈는 어깨를 으쓱했다.

"어리석은 놈! 날 죽이면 어떤 꼴을 당할지 모르느냐?"

"크으!"

콘딜로스의 인상이 일그러졌다. 물론 유레아즈가 순순히 당할 리는 없지만 혹시라도 콘딜로스가 그를 죽인다면 그것은 명백히 루치페로에 대한 도전이었다. 루치페로의 명령에 불복한 것뿐 아니라 그의 부하마저 죽였다?

그것이 얼마나 끔찍한 결과를 초래할지는 상상하기도 힘들었다. 루치페로의 통보를 받은 이상 그 명령에 복종하는 것 외에 그가 선택할 수 있는 건 없으니까.

'빌어먹을!'

콘딜로스의 두 눈이 시뻘겋게 충혈되었다. 그는 핏빛의 광망을 번뜩이며 유레아즈를 노려봤다.

"유레아즈! 네놈은 일부러 그를 찾아가 부하가 된 것이군."

"여러모로 생각해 봤지만 그 방법 외에는 없었다. 노지즈 해역의 절대 용자인 무혼이란 놈으로부터 우릴 지켜줄 자는 그분밖에 없단 말이야."

"아무리 그렇다 해도 그의 부하가 되면 종국엔 어떻게 될지 겪어 보고도 그런 짓을 했단 말이냐? 그가 아무리 강해도 차원의 바다에서 오르덴과 싸워 이기기란 불가능해. 결국 우리들은 그와 함께 차원의 바다의 먼지가 되어 사라지고 말 것이다."

콘딜로스가 두려워 떨자 유레아즈는 의미심장한 미소를 지으며 고개를 흔들었다.

"이번엔 다르다. 초용족들이 합류했으니까."

"무엇이?"

콘딜로스의 눈이 커졌다.

"지금 초용족이라 했느냐?"

"그것도 한둘이 아니라, 무려 여섯이다. 그들이 합류한
이상 아무리 수가 많은 오르덴들이라 해도 루치페로 님을
막기란 불가능해."

초용족들은 차원의 바다에 존재하는 초월자들이다. 그들
이 무려 여섯 명이나 루치페로의 편에 들었을 줄이야.

그렇다면 오르덴들이라 해도 루치페로를 이기기란 결코
쉬운 일은 아닐 것이다. 그들이 아무리 무한대의 물량 공세
를 펼칠 수 있다 해도 초용족 여섯이 합류한 루치페로의 힘
은 상상을 초월할 테니까.

"그래도 결국 언젠가는 오르덴들이 승리할 수밖에 없다.
특히 그들이 아주 먼 곳에 있다는 절대 용자들을 불러오기
라도 한다면 끝장이란 말이야."

"물론 언젠가 절대 용자들이 올 수도 있겠지. 하지만 루
치페로님과 초용족 여섯을 상대하려면 적어도 그와 동수
이상의 절대 용자가 와야 할 거야. 그런 일이 벌어지기란
당분간 희박하다 할 수 있지."

절대 용자들은 너무 멀리 있고, 초용족들은 오르덴들의
일에 관심이 없다. 따라서 루치페로의 힘에 대항할 만한 군
대를 오르덴들이 단기간에 조직하기란 불가능한 일이었다.

"그건 그렇다만."

"그리고 적당한 시간이 지나면 루치페로 님은 오르덴들과 협상을 벌이신다 했다. 오르덴들도 받아들일 수밖에 없는 평화 협상을."

"협상?"

콘딜로스가 어리둥절한 표정을 지었다. 그가 알기로 루치페로는 협상이라는 단어를 모르는 자였다. 그저 그가 내키는 대로 행동할 뿐이다.

"지랄! 개뿔 같은 소리군."

유레아즈가 킥킥 웃었다.

"나 역시 믿기지 않은 일이지만 루치페로 님은 예전의 그분이 아니다. 예전에는 모든 오르덴들을 몰살시키는 것이 그분의 뜻이었지만, 이번에는 수천 개의 해역을 장악해 오직 그분만의 영역을 구축하신다고 하셨다. 오르덴들 따위는 접근도 할 수 없는 영역 말이야."

하나의 해역도 아닌 무려 수 천 개의 해역을 장악하겠다. 그 얼마나 허무맹랑한 말인가? 그러나 루치페로와 여섯 명의 초용족이 힘을 합쳤다면 불가능한 일은 아니었다.

그리고 유레아즈의 말대로 추후 루치페로가 자신의 영역을 인정해 주는 조건으로 오르덴들과 영구 평화 협정을 제시하면 그들로서는 들어줄 수밖에 없으리라.

비록 수천 개 해역에서 오르덴들의 영향력이 사라지겠지만 그것이 루치페로와 맞서 싸우는 것보다는 나을 것이다. 그들이 아무리 무제한 물량을 동원한다 해도 한계는 있을 수밖에 없으니 말이다.

　"크흐! 그렇다면 해 볼 만하겠군."

　콘딜로스의 두 눈에 비로소 생기가 돌았다. 그의 입가에 이내 음침한 미소가 들었다. 유레아즈도 미소 지었다.

　"둔한 놈! 이제야 알겠느냐? 네놈은 내게 화를 낼 것이 아니라 오히려 고맙다고 해야 할 것이다."

　"좋아. 술 정도는 언제든 공짜로 주마. 크큿! 어쨌든 그럼 앞으로 노지즈 해역의 그 애송이 절대 용자 놈을 두려워하지 않아도 된다는 소리군."

　"흐흣! 물론이지. 나는 이미 루치페로 님께 그 절대 용자 놈이 더 강해지기 전에 싹을 잘라야 한다고 간언드렸다. 그 순간 리가스 제3 초용군단이 노지즈 해역을 향해 항로를 틀었지. 머지않아 이곳 아르아브 해역과 노지즈 해역을 그들이 쓸어버릴 것이다. 그 무혼이라는 놈도 먼지로 변해 사라질 테니 자네도 더 이상 이곳에 쥐새끼처럼 웅크리고 있을 필요 없어."

　"크크큿! 쿠하하하! 그거 반가운 소리군."

　콘딜로스는 통쾌한 듯 입을 벌리고 크게 웃었다. 곧바로 그는 티폰 항의 술집을 정리했다. 용병으로 내돌렸던 그의 부하들을 다시 불러들이고, 추가로 전 재산을 풀어 마족들과 마물들을 끌어 모았다.

리가스 제1 초용군단 휘하 제 399 전함대의 제독. 그것이 콘딜로스에게 주어진 직위였다. 유레아즈는 리가스 제1 초용군단 휘하 제398 전함대의 제독이라 했다.

루치페로의 휘하에는 제독이 대략 2천 명 가까이 된다 했는데 마왕인 그들이 그중 하나에 불과하다는 것은 그 누가 들어도 어이없는 소리였다.

그러나 콘딜로스는 그리 불만을 갖지 않았다. 예전에 그랬듯이 아마도 제독들 중 대부분은 마왕들일 것이며 혹은 피라타 로아탄 출신이나 정령왕들도 있을 것이다. 물론 타락한 용자 출신도 있을 것이다.

다만 놀라운 사실은 그때보다 전체 전력의 규모가 거의 두 배 이상 늘었다는 것! 그리고 더욱 놀라운 사실은 초용족들이 합류했다는 것이었다. 그것도 무려 여섯이나.

제1 초용군단 천화린룡(天花璘龍) 아르티펙스
제2 초용군단 광마룡(狂魔龍) 크라니오
제3 초용군단 암흑천조(暗黑天鳥) 루나티쿠스
제4 초용군단 여의마화(如意魔花) 베르메온

제5 초용군단 화마룡(火魔龍) 가르티바
제6 초용군단 환천마붕(幻天魔鵬) 카르디날

리가스 루치페로는 도합 6개의 초용군단을 거느린 총사령관으로, 그는 무려 수백여 개의 해역들을 통합해 하나의 해역으로 만들 무서운 야심을 가지고 있었던 것이다.

*   *   *

오래전 아이리스 해역 전투에서 패배해 차원의 바다의 먼지가 되어 사라진 줄 알았던 타락한 용자 리가스 루치페로가 나타났다. 그는 오르덴들에게 선전포고를 했고 즉각 공격을 개시했다.

연전연승(連戰連勝).

루치페로는 계속 승리했고 오르덴들은 매번 패배했다. 그들에게 막대한 돈을 받고 고용된 정령왕들이나 용자들은 리가스 초용군단 앞에 무력하게 무너졌다. 그들의 힘만으로는 초용족이 여섯이나 가세한 루치페로를 이기기란 불가능했다.

노지즈 해역과 아르아브 해역 등에는 아직 이 불행하고도 끔찍한 전쟁의 여파가 미치지 않았지만, 루치페로와 전쟁을 벌이는 인근 해역의 오르덴들은 지금껏 유례없는 위기에 직면하고 말았다.

리가스 초용군단과 맞서 싸울 수 있는 이들은 초용족이나 절대 용자들뿐.

그러나 절대 용자들은 다들 너무도 멀리 떨어져 있었고, 초용족들은 여간해서는 자신의 존재를 드러내지 않았다. 설령 초용족의 위치를 안다 해도 소용없었다. 그들은 차원의 바다에서 벌어지는 전쟁에 관여하길 꺼려했으니까.

하물며 그들과 같은 초용족이 가세한 리가스 연합군과 싸우는 일은 더더욱 꺼려하기에 오르덴들이 초용족의 도움을 받기란 거의 불가능한 일이라 할 수 있었다.

그러다 보니 아르아브 해역의 오르덴 장로회에서는 최근 노지즈 해역에 출현한 절대 용자 무혼에게 큰 관심을 보였다.

무엇보다 그들은 리가스 제3 초용군단인 루나티쿠스의 군단이 아르아브 해역을 향하고 있다는 정보도 입수했던 터라 다급하지 않을 수 없었다.

제3 초용군단의 목표는 다름 아닌 노지즈 해역의 절대 용자인 무혼. 타락한 용자인 루치페로와 초용족들이 가장 꺼림칙하게 생각하는 이가 바로 절대 용자이니 그를 제거하려 하는 것은 당연했다.

만일 절대 용자인 무혼이 다른 절대 용자나 초용족들과 힘을 합치게 되면 리가스 연합군은 궁지에 몰릴 수도 있기 때문이리라.

최근 입수된 정보에 의하면 화마룡 가르티바가 이끄는 리가스 제5 초용군단도 아르아브 해역을 향해 접근하고 있다고 했다. 하나도 불가항력인데 무려 두 개의 초용군단이 접근하고 있다는 사실에 오르덴 장로들의 표정은 사색이 되고 말았다.

물론 그들은 이미 다른 해역의 오르덴들에게 지원을 요청한 상태지만, 그들이 온다 한들 초용족이 이끄는 함대를 무슨 수로 막는다는 말인가. 이대로라면 아르아브 해역의 오르덴 항구들은 두 개의 초용군단에 의해 폐허로 변할 것이다.

"이럴 때가 아니오. 어서 그에게 이 사실을 알려야 하오. 그를 중심으로 연합군을 결성한다면 다른 절대 용자들이 올 때까지 어떻게든 버텨 볼 수 있을 것이오."

"글쎄요. 과연 그 혼자서 암흑천조 루나티쿠스나 화마룡 가르티바가 이끄는 초용군단들을 막을 수 있을까요?"

"솔직히 절망적이긴 하지만 지금으로서는 다른 방법이 없으니 그를 믿어 볼 수밖에 없소이다."

"동의하오!"

"동의합니다!"

오르덴 장로회에서는 그 즉시 노지즈 해역으로 특사를 파견했다.

Chapter 9
일인 함대

로드리아 대륙의 도시 보뇌르. 무혼은 그의 천막집을 찾아온 외팔이 노인 푸르와 담소를 나누고 있었다. 요즘 들어 푸르는 거의 매일 찾아와 국수를 먹었다. 무혼이 만든 국수에 중독되었다는 이유였다.

"허허! 요즘 내가 이 국수 먹는 재미에 살고 있다니까. 단골이니 오늘은 공짜 어떤가?"

고작 1렐을 안 내고 공짜로 먹겠다는 심보인가? 무혼은 코웃음 쳤다.

"공짜는 없소. 돈을 안 내면 다음부터는 국물도 없을 것이오."

"그것참 치사하구만."

"누가 치사한지 모르겠군. 고작 1렐짜리 국수를 공짜로 먹겠다는 심사라니."

"흐흐! 알았네. 까짓것 내지. 자, 1젤을 줄 테니 99렐을 거슬러 주게."

"옛소! 다음부터는 잔돈 좀 가지고 다니시오."

잔돈을 거슬러 주며 무혼이 투덜거렸다. 푸르가 장난을 치는 것을 보니 심심한 모양이었다.

"그나저나 요즘은 푸르의 법을 어기는 녀석들도 안 보이니 슬슬 다른 도시로 원정도 가 볼까 생각 중이네. 아직도 다른 도시에는 덱스와 톨츠 차기라는 형벌을 모르는 녀석들이 꽤 있다고 하니 말이야."

"후후, 알았으니 빨리 먹고 가시오. 다른 손님을 받아야 한단 말이오."

푸르는 한번 자리에 앉으면 수다가 길어진다. 그러다 보면 반나절은 금방 지나가기 일쑤이니 다른 손님을 받기 위해서라도 적당히 얘기를 듣고 나면 내보내야 했다.

출렁!

그런데 그때 천막이 펄럭이더니 누군가 급히 들어왔다. 다름 아닌 은발의 미청년 엘리나이젤이었다. 용자의 성의 총사로서 정신없이 바쁠 그가 무혼을 불쑥 찾아오다니.

"로드!"

"엘리나이젤! 이곳에는 무슨 일이오?"

무혼은 살짝 인상을 찌푸렸다. 그는 이곳의 삶을 그 누구에게도 방해받고 싶지 않았기에 자신이 돌아갈 때까지 아무도 찾아오지 말라고 명령해 둔 터였다. 그것은 총사 엘리나이젤에게도 예외가 될 수 없었다.

그런데 엘리나이젤이 그 명령을 어긴 것이다.

"용서해 주십시오, 로드. 갑자기 찾아와서 죄송합니다만 너무도 큰일이 벌어진 터라 어쩔 수 없었습니다."

"무슨 일인지 모르지만 일단 왔으니 국수나 한 그릇 먹으면서 천천히 얘기해 보시오."

무혼이 그릇에 국수를 담아 내밀자 엘리나이젤은 어이가 없었다. 지금이 어디 국수나 먹을 때인가? 그러나 로드인 무혼이 내민 국수를 거절할 수는 없기에 어쩔 수 없이 그는 자리에 앉아 젓가락을 들며 말했다.

후릅!

그런데 국물 맛이 상상을 초월할 정도로 끝내줬다. 한입 먹는 척만 하려던 엘리나이젤은 자신도 모르게 그릇을 들어 입에 대고 후루룩 들이마셨다. 그러다 이내 머쓱한 표정을 지으며 입을 열었다.

"로드! 지금 아르아브 해역의 오르덴 장로회 특사가 급보를 전해 왔습니다. 타락한 용자 리가스 루치페로가 이끄는 연합 함대가 우리 노지즈 해역을 향해 오고 있다고 합니다."

무혼의 눈이 커졌다.

"지금 타락한 용자라 했소?"

"그렇습니다."

그 즉시 엘리나이젤은 오르덴 특사에게 들은 내용을 모두 무혼에게 전했다. 무혼의 안색이 점차 굳어졌고, 옆에서 듣고 있던 푸르는 펄쩍 뛰었다.

"허어! 그런 미친 일이! 루치페로 그놈이 기어이 일을 벌였구나."

"당신도 루치페로라는 놈을 알고 있소?"

"물론이야. 놈이 언젠가 날 찾아와 함께 오르덴들을 손보자고 제의한 적이 있었다네. 더 이상 차원의 바다를 하찮은 오르덴들 따위가 아닌 초용족들의 지배하에 두자는 제의였지. 물론 난 딱 거절했어. 그놈과는 얽히고 싶지 않아서 말이야."

"초용족이 여섯이나 가담한 것을 보면 제법 솔깃한 제의였던 모양이오."

그러자 푸르는 탄식했다.

"루나티쿠스, 가르티바! 그놈들은 본래 루치페로와 친하게 지내곤 했다네."

암흑천조 루나티쿠스와 화마룡 가르티바뿐만이 아니다. 그들 말고도 초용족이 넷이나 더 있다고 했다.

"그보다 그들이 왜 하필이면 이곳 노지즈 해역을 노리고 있는 것인지 그 이유가 궁금하지 않소?"

그러자 엘리나이젤이 대답했다.

"오르덴 특사의 말에 의하면 최근 유레아즈와 콘딜로스가 루치페로의 휘하로 들어갔다 했습니다. 아무래도 놈들이 농간을 부린 것이 틀림없습니다."

"그놈들이 끝내 일을 벌이는군."

무혼은 그렇지 않아도 이제 슬슬 평범한 삶을 끝내고 용자 본연의 삶으로 돌아가려고 하는 중이었다. 그중 가장 중요한 일 중 하나가 바로 노지즈 해역에서 달아난 두 마왕 유레아즈와 콘딜로스를 찾아내 해치우는 것이었다.

무혼에게 있어 그 일은 집 안에서 달아나 숲 속 어딘가로 숨어 버린 작은 쥐새끼 두 마리를 찾는 것과 비슷했다.

그만큼 방대한 차원의 바다 어딘가로 숨어 버린 두 마왕을 찾기란 쉬운 일이 아닐 것이다. 자칫 시간이 꽤 소요될 수도 있는 터라 잠시 미루어 둔 것이었다. 루인과의 약속도 지켜야 했으니까.

그런데 달아난 쥐새끼들이 꼭꼭 숨어 있기는커녕 숲의

사나운 맹수들을 꼬드겨 다시 돌아오고 있는 상황이다. 무혼이 침묵에 잠겨 있자 엘리나이젤이 물었다.

"이제 어찌하실 생각이십니까?"

"아쉽지만 이 국수 장사를 끝낼 때가 온 모양이오."

무혼은 쓸쓸한 웃음을 지으며 말했다. 푸르가 어이없다는 듯 쳐다봤다.

"허어! 지금 국수 장사가 문제인가? 루치페로가 작정을 하고 이곳을 노린다면 사실상 노지즈 해역을 지키기란 불가능하네. 내가 무혼 자네라면 일단 피하고 후일을 도모할 거야."

절대 용자인 무혼보고 자신의 해역을 포기하고 도주하란다. 항상 여유롭던 자우신조 푸르푸레우스가 절망조로 말을 하다니 무혼은 내심 놀랐다.

"루치페로! 그가 그토록 강하오?"

"초용족들도 놈과 맞서기 두려워한다면 이해가 되나? 아까도 말했지만 나는 그놈과 어떤 식으로든 얽히고 싶지 않다네. 놈은 어지간한 초월자 서넛이 힘을 합쳐도 당해내기 힘들 거야. 절대 용자 몇이 온다고 해결될 문제가 아니라는 거지."

푸르가 혀를 내둘렀지만 무혼의 표정은 담담했다. 그는 말없이 끓는 물에 생면을 넣었다. 또한 야채 통에서 파와 각종 야채를 꺼내 도마 위에 놓고는 썰었다.

탁! 타탁!

푸르는 황당하다는 표정으로 무혼을 노려봤다.

"지금 뭐 하는 건가? 지금 국수나 삶고 있을 때인가? 머뭇거리다 보면 끝장이 날 수 있어. 루나티쿠스나 가르티바 모두 나 못지않은 능력의 초용족들이야. 그들이 아르아브 해역 쪽으로 진입하는 순간 자네는 도주 자체도 불가능해지네."

무혼은 웃었다.

"용자가 자신의 해역을 버리고 도주한다는 것이 말이 되는 소리요?"

"차원의 바다는 넓네. 여기 아니라도 자네가 다스릴 만한 주인 없는 해역이 수두룩하지. 이길 수 없는 대적을 상대로 만용을 부리기보다 자네의 권속들을 이끌고 하루속히 떠나는 게 현명해."

"도주 따위는 하지 않을 것이오. 그보다 손님이 온다니 주인 된 입장으로서 마중하는 게 예의겠지. 자, 국수나 한 그릇 드시오. 어쩌면 마지막이 될지도 모르니 말이오."

푸르는 무혼이 내민 국수 그릇을 보고는 착잡한 표정을 지었지만 이내 젓가락을 들고 먹기 시작했다. 이 상황에 국수를 먹는다니 우습지만, 그런 상황을 따지기에는 무혼의 국수가 주는 유혹이 너무 강했다.

그사이 엘리나이젤은 국수를 말끔하게 비우고는 힐끔 눈치를 보다 무혼이 한 그릇을 더 내밀자 반색했다.

후루루룩! 짭짭!

그는 국수가 이렇게 맛있는 줄 알았으면 종종 찾아올 것을 그랬다는 후회감이 밀려왔다. 무혼이 비록 허락 없이 찾아왔다고 구박은 할지언정 국수 한 그릇도 안 주고 쫓아 보낼 만큼 정 없는 로드는 아니니까.

쩝쩝쩝!

총사의 체신이고 뭐고 생각 같아서는 몇 그릇 더 달라고 조르고 싶었지만 아무리 그래도 지금은 그럴 상황은 아니었다.

"……."

한편 푸르 역시 정신없이 젓가락질 중이었다. 무혼은 누구에게 줄 것인지 다시 도마 위에 파와 야채를 놓고 썰었다.

탁. 타타탁.

그런데 무심코 그 장면을 보던 푸르의 두 눈이 경악으로 변했다.

'저, 저것은!'

언뜻 봤을 때는 아주 평범한 칼질이었다. 그런데 도마 위로 내려와 야채들을 분리하는 칼의 번쩍임에 지금껏 푸르가 상상도 해 보지 못했던 기이함이 깃들어 있었다.

스읔! 탁! 타타타탁—

도마가 점차 확대되더니 가히 끝을 알 수 없는 공간으로 변했고 빛의 칼은 그 공간을 무자비하게 갈라 버렸다. 대체 저 눈부신 빛은 무엇인가? 그것이 무엇이기에 저 방대한 공간을 갈라 버린다는 것인가?

물론 그것은 푸르가 본 환상이었다. 초용족 정도의 능력이 아니라면 볼 수 없는 환상! 작은 칼질 속에서 그는 차원의 바다의 그 어떤 힘으로도 대항하기 힘들어 보이는 미증유의 거력을 보았다. 그 힘은 초월자인 그로서도 감당하기 어려웠다.

'허어! 불가사의한 일이군.'

비로소 푸르는 무혼의 능력이 이미 자신을 능가함을 알 수 있었다. 얼마 전까지는 서로 엇비슷했는데, 아니, 전력을 다한다면 능히 무혼을 이길 수 있으리라 생각했는데, 이게 어찌 된 일일까? 놀랍게도 지금 무혼은 푸르가 두려워하는 타락한 용자 루치페로 못지않은 기세를 뿜어내고 있었던 것이다.

그때 무혼이 푸르를 보며 씩 웃었다.

"놀랐소?"

"놀랐네. 대체 언제 또 그렇게 강해진 건가?"

"국수를 만드는 일이 도움이 되었던 것 같소. 그냥 마음을 비우고 삶을 즐기려 했더니 오히려 그동안 막혔던 한계를 초월하게 되었지 뭐요."

초월자가 한계를 또 초월했다?

"국숫집에서 칼질을 하다가 한계를 초월했다는 말은 한 번도 들어본 적 없네. 말은 쉽지만 그게 아무에게나 되는 일은 아니라는 거지. 아무래도 자네는 애초부터 평범하게 살기란 글러 먹은 모양이야. 자네를 보면 공연히 내가 바보나 둔재가 된 느낌이군, 빌어먹을!"

초용족 푸르푸레우스가 무혼에게 열등감을 느끼고 있었다.

"그냥 운이 좋았던 것뿐이니 너무 신경 쓰지 마시오. 그보다 아직도 루치페로가 나보다 강하다 생각하시오?"

"아니, 그 정도면 루치페로와도 충분히 멋진 승부를 벌일 수 있겠지. 하지만 그는 혼자가 아니야. 나와 같은 초용족이 여섯이나 있어."

그러자 무혼의 입가에 비릿한 미소가 맺혔다.

"살객 출신의 내게 숫자 따위는 의미 없소. 놈들은 감히 나를 노린 것을 후회하게 될 거요."

"살객? 그러니까 암살자 말인가?"

푸르가 어이없어하는 표정을 지었다.

"살객은 때에 따라 자신보다 강한 상대도 죽일 수 있소. 하물며 비슷하다면 필승이오."

"상대가 여럿이라면 불가능한 일이야."

"언제든 일대일 승부의 상황을 만들어 내는 것도 살객의 능력 아니겠소?"

그 말을 끝으로 무혼은 도마 위에 썰어놓은 파와 야채를 하나의 그릇에 담았다.

푸짐하게 담긴 마지막 국수 한 그릇.

그는 누구에게 그것을 주려하는 것일까? 그가 곧바로 마법진의 광채 속으로 사라지는 모습을 보고 푸르 등은 비로소 마지막 국수의 주인을 짐작할 수 있었다.

화아아악!

마당에 위치한 마법진에서 빛이 나더니 무혼이 모습을 드러냈다. 평소와 달리 그의 손에는 큼직한 쟁반이 들려 있었는데, 그 위에는 따끈한 국수가 가득 담긴 그릇 하나와 젓가락 그리고 몇 가지 반찬이 놓여 있었다.

"어서 오세요, 무혼."

"루인!"

무혼이 식탁이 있는 방으로 들어서자 루인이 식탁 앞에

서 있었다. 식탁 위에는 따끈한 버섯 수프와 구운 거위를 비롯해 갖가지 요리가 푸짐하게 차려진 터였다. 마치 무혼이 국수를 가져올 줄 알고 있었던 듯 그녀는 국수 그릇을 보고도 놀라지 않았다. 오히려 빙긋 웃었다.

"후후, 아주 맛있어 보이는군요. 그렇지 않아도 국수가 먹고 싶었는데 잘됐어요."

"나야말로 당신이 만든 버섯 수프가 먹고 싶었는데 잘됐소."

무혼은 흡족한 미소를 지으며 식탁 앞에 앉았다. 루인은 국수를 맛있게 먹었고 무혼도 그녀가 만든 요리들을 신 나게 먹었다.

다만 간혹 무혼을 바라보는 루인의 눈빛이 슬프게 흔들렸다. 그녀는 아무런 말도 하지 않았다. 무혼도 말이 없었다. 둘의 침묵은 한동안 이어졌다.

그러다 이윽고 무혼이 입을 열었다.

"아무래도 이번 여행은 여기서 그쳐야 할 것 같소. 급히 떠날 일이 생겨서 말이오. 최대한 빨리 다녀오겠지만 어쩌면 생각보다 시간이 오래 걸릴지 모르겠소."

그러자 루인은 이미 알고 있다는 듯 미소 지으며 대답했다.

"이 정도면 충분히 여행을 즐겼죠. 당신과 이곳에서 함께 한 시간들은 진정 행복했어요. 그 기억들을 평생 간직할 거예요."

무혼이 하하 웃었다.

"평생 간직하다니! 그게 무슨 말이오? 누가 들으면 우리가 두 번 다시 만나지 못할 것처럼 생각하겠군. 걱정 마시오. 서둘러서라도 금방 다녀오리다. 그 후에 당신과 함께 다시 여행을 즐길 생각이오. 그때는 좀 더 오래도록 여행을 하는 거요. 어떻소, 루인?"

"호호! 기다릴게요, 무혼."

루인은 환하게 웃으며 고개를 끄덕였다. 그러나 잠시 후 무혼이 식사를 마치고 집을 나서는 순간 그녀의 두 눈에서는 참았던 눈물이 주룩 흘러내렸다.

'무혼, 어떤 운명이 펼쳐질지 예감하면서도 보내야 하는 이 심정을 아시나요?'

그녀는 결코 무혼을 보내고 싶지 않았다. 하지만 막을 수 없는 것도 운명이었다. 무혼이 가지 않으면 상상을 할 수 없는 대재앙이 벌어질 것이기에. 그 모든 재앙을 막을 수 있는 이는 오직 무혼뿐이기에.

무혼은 집을 나서서 잠시 걸었다. 이상하게 마음이 무겁게 가라앉았다. 마치 두 번 다시 루인을 보지 못할 것 같은 느낌이라니, 이상했다.

'왜 이런 기분이 드는 거지?'

사실 조금 전 식사를 할 때도 그랬다. 루인과의 침묵이 이어졌던 이유도 바로 그 때문이었다. 그녀 역시 말이 없었던 것 또한 같은 이유에서이리라.

혹시라도 이번 출정을 나가서 돌아오지 못하기라도 하는 것일까?

그건 알 수 없다. 루치페로 휘하의 수많은 마왕 군단 따위는 두렵지 않았지만, 문제는 루치페로의 실력이다. 푸르로부터 그저 막연하게 들었을 뿐, 그가 가진 실력이 어느 정도인지는 직접 겪어 봐야 알게 될 것이다.

이런 상황에서 무조건 승리할 것이라 과신할 수는 없다. 현자인 루인이 아무런 말도 하지 않는 것을 보면 그녀는 뭔가 불길한 예감을 느낀 것 같기도 했다.

무혼은 왠지 발걸음이 떨어지지 않았다. 다시 돌아가서 루인에게 물어 볼까 하는 생각이 들 정도로.

그러나 무혼은 이내 고개를 흔들었다. 루인이 뭔가를 예감했으면서도 말을 하지 않는 데는 분명 이유가 있을 것이다. 그렇다면 굳이 가서 그것을 물어 볼 필요가 없다. 무혼은 오직 하나만 생각하기로 했다.

루치페로와의 승부!

승리를 과신할 수는 없지만, 반드시 이겨야 한다. 무조건 이겨야 한다. 만에 하나, 이길 수 없는 상황이라면?

'그런 일은 없다. 놈은 내 손에 무조건 죽는다.'

＊　　　＊　　　＊

"내가 돌아올 때까지 노지즈 해역을 지켜 주시오, 푸르."

무혼은 로드리아 대륙을 떠나 차원의 바다로 나서기 전 푸르에게 부탁했다. 푸르는 흔쾌히 고개를 끄덕였다.

"내가 자네와 함께 싸워 주지는 못하지만 그 정도 부탁은 들어주겠네. 하나 만일 자네가 루치페로에게 패배한다면 그때는 나 역시 살길을 도모할 수밖에 없다네."

"그 정도만으로라도 충분하오."

무혼과 루치페로의 승부는 언제 끝나게 될지 모른다. 차원의 바다에서 펼쳐지는 것이라 어쩌면 상상 이상의 시간이 필요할 수도 있었다.

그 와중에 혹시라도 외부에서 다른 마왕이나 피라타들이 노지즈 해역을 노릴지도 모른다. 물론 정령왕 나룬과 아쿠아, 그리고 강력한 로아탄 가디언들이 있는 터라 웬만한 마왕이 몰려와도 충분히 자체 방어가 가능했다.

따라서 굳이 푸르가 나서지 않아도 상관없을 것이나, 그래도 또 혹시 모르는 일이라 부탁을 한 것이었다.

촤아아아!

이로이다 호가 출항했다. 출정은 무혼 하나! 말 그대로 일인 함대였다. 부하들이 있으면 그들을 신경 쓰느라 무혼이 마음 놓고 싸우기 힘들기 때문에 혼자가 편했다.

(무혼, 목적지를 말해줘.)

(노지즈 해역을 벗어나 아르아브 해역으로 간다. 차원질주술을 펼칠 테니 마음껏 이동해 봐.)

무혼이 차원질주술을 펼친다는 말에 소옥은 신이 났다. 차원질주술은 일반적인 무공의 경공술과 달리 배의 항해 속도에도 영향을 미친다. 소옥은 무혼의 차원질주술 덕분에 노지즈 해역을 불과 반나절도 안 되어 주파해 아르아브 해역으로 들어섰다.

(호호! 지금 정도라면 아르아브 해역도 좁게 느껴지겠는걸.)

(아직은 부족하다. 앞으로 더 빨라질 테니 기대해도 좋을 거야.)

지난 2년여 사이 무혼은 틈틈이 차원질주술을 수련했다. 오직 초월자들만 펼칠 수 있는 차원질주술은 깨달음의 영역에 있는 것이라 굳이 차원의 바다를 실제 질주하며 수련하지 않아도 경지를 높일 수 있었다.

현재 무혼의 경지는 중급! 비록 아직 차원풍을 일으킬 수 있는 상급의 경지까지는 미치지 못했지만 이미 중급의 마지막 단계까지 이른 상태라 조만간 그 경지를 뛰어넘을 것이다.

아르아브 해역으로 향하며 무혼은 차원질주술의 수련에 박차를 가했다.

'최대한 빨리 차원질주술을 상급으로 올린다.'

타락한 용자 루치페로와 그 휘하의 초용족들은 모두 차원질주술이 상급 경지에 이르러 있을 것이다. 무혼이 그들의 기동력을 따라잡지 못한다면 전투에서 매우 불리할 수밖에 없으리라.

(이제 어디로 가지, 무혼?)

(오르덴들의 항구 중 아무 곳이든.)

(그럼 셀바 항으로 갈게. 이 속도라면 두 시간 정도면 될 거야.)

좌아아아—

곧바로 다시 차원질주술이 펼쳐지자 이로이다 호는 찬란한 빛무리에 휩싸여 차원의 바다를 그대로 질주했다.

시야로 보이는 정경은 그저 보통의 항해 때와 별다른 것이 없지만, 이로이다 호는 엄청난 속도로 이동 중이었다.

간혹 아르아브 해역을 항해하고 있는 선박들이 보이곤

했는데, 그들은 이로이다 호가 지나는 모습을 발견하지 못했다. 차원질주술을 통해 이동하는 선박은 초월자가 아닌 이들에겐 그저 거센 바람처럼 보일 뿐이기 때문이었다.

무혼의 차원질주술 경지가 아직 상급에 이르지 못한 터라 차원풍은 일어나지 않았지만 이로이다 호가 지나는 인근의 바다는 차원질주의 여파로 세차게 요동쳤다.

그렇게 대략 두 시간 정도 이동했을까? 전방에 커다란 섬이 보였다. 오르덴의 항구 중 하나인 셀바 항이었다.

"셀바 항에 오신 것을 환영합니다."

이로이다 호가 부두에 정박하자 오르덴 청년 하나가 갑판 위로 훌쩍 뛰어 올라왔다. 그러다 그는 갑판 위에 오직 한 명의 인물만 있는 것을 보고 고개를 갸웃했다.

언뜻 봐도 마왕투함급의 거대 함선이다. 보통 이만한 함선이라면 그것이 마족이든 정령이든 혹은 로아탄이든 상관없이 적어도 수천 명 이상이 득실대고 있어야 정상인 것이다.

그런데 고작 하나라니.

어떻게 혼자서 이 큰 배를 이동시킬 수 있는 것일까? 물론 그것은 괜찮은 성능을 가진 차원의 보주가 있으면 불가능한 일은 아니다.

따라서 혼자서 배를 타고 온 것은 그렇다 치자. 그러나 온갖 피라타들이 득실거리는 차원의 바다에서 이 큰 배를 혼자서 어떻게 지킬 수 있을지는 의문이었다.

"정말 혼자십니까?"

"그렇소. 그게 뭐 잘못 되었소?"

무혼이 태연히 묻자 오르덴 청년은 멋쩍게 웃으며 머리를 긁적였다.

"그건 아닙니다. 그보다 저희 셀바 항에 정박하시려면 50베카의 입항료를 지불하셔야 합니다. 또한 배에서 내려 도시로 들어오려면 출입료로 1베카가 필요합니다."

마왕투함급의 함선이다 보니 입항료가 제법 비쌌지만, 무혼에게는 전혀 부담스럽지 않았다. 예전에 오르덴 함대와의 거래를 통해 꽤 많은 베카를 벌어들인 적이 있기 때문이다.

"51베카 여기 있소."

무혼이 돈을 건네주자 오르덴 청년이 더욱 친절해졌다.

"하하! 다시 한 번 셀바 항에 오신 것을 환영합니다. 모든 길은 베카로 통한다고, 셀바 항에서는 베카만 있으면 뭐든 할 수 있습니다. 그럼 부디 즐거운 시간 되십시오."

오르덴 청년은 부두에서 도시의 입구까지 무혼을 안내하고는 돌아갔다. 대신 입구에 있던 오르덴 관리인 중 하나가 무혼을 맞이했다.

"어서 오십시오. 당신의 이름과 신분을 알려 주시겠습니까?"

이름과 신분을 묻는 이유는 무혼이 이곳 셀바 항의 단골인지 알아보기 위함인 듯했다. 무혼은 즉시 대답했다.

"노지즈 해역의 용자 무혼이오."

그러자 오르덴 관리인의 눈이 커졌다. 그는 잠시 멍한 표정을 짓다가 이내 입을 크게 벌리며 외쳤다.

"지금 혹시 노지즈 해역의 용자라 하셨습니까? 그럼 당신이 바로 절대 용자 무혼 님이십니까?"

무혼의 소문을 들어서 알고 있었던 것일까? 오르덴 관리인의 표정은 이내 경악으로 변한 터였다. 그뿐이 아니다. 근처를 지나고 있던 여행자들의 시선도 일제히 무혼을 향했다.

노지즈 해역의 절대 용자 무혼!

무혼은 정작 모르고 있지만 그의 이름은 이미 아르아브 해역을 진동하고 있었다. 아르아브 해역과 인접한 해역들뿐 아니라 인근 수백 개 해역들 중 어느 곳에도 무혼을 제외하고 절대 용자는 없으니까.

그만큼 희귀한 존재다.

모두들 동경 어린 눈빛으로 무혼을 쳐다봤다. 마치 두 번다시 보기 힘든 진기한 기회라도 만난 듯 사방에서 여행객들이 몰려와 장사진을 쳤다.

그뿐만이 아니다. 셀바 항의 총독인 오르덴 호리온도 황급히 달려와 꾸벅 허리를 숙였다.

"절대 용자시여! 당신의 왕림은 셀바 항의 영광이옵니다! 이후로 오늘의 일은 셀바 항의 명예로 영원히 기록될 것입니다."

차원의 바다의 중립자이며 사실상의 지배자인 오르덴들이 이토록 공손한 태도를 보이다니. 설사 특상급 단골이라해도 받을 수 없는 예우였다.

보통 특상급 단골인 마왕이나 정령왕이 항구를 방문해도 총독이 직접 나와서 그들을 맞이하는 경우는 없었다. 특히 지금처럼 허리까지 굽혀 마치 상전을 대하듯 하는 경우는 더더욱 벌어지기 힘든 일이다.

설령 절대 용자와 비슷한 능력을 지진 초용족이라 해도 오르덴들이 이와 같은 예우를 보이지는 않는다. 이는 까마득한 고대로부터 오르덴들이 위기에 처할 때마다 절대 용자들이 그들의 편을 들어주었기 때문이었다.

그러다 보니 무혼이 자신의 신분을 밝힌 이후 오르덴들이 보이는 태도는 부담스러우리만큼 극진했다. 아까 지불한 입항료와 출입료가 그 즉시 반환되었고, 오히려 총독이 1만 베카를 무혼에게 건네는 성의도 보였다. 공연히 신분을 밝혔나 싶을 정도였다.

물론 무혼은 1만 베카를 사양하지 않고 받았다. 준다는
걸 굳이 거절할 필요는 없을 테니 말이다.

이런 식이라면 오르덴의 항구마다 돌면서 1만 베카씩을
수금하는(?) 것도 제법 쏠쏠한 수익이 되겠지만, 그런 체신
머리 없는 짓까지 할 수는 없는 일이다.

그보다는 이제 셀바 항에 온 목적을 이룰 때였다. 오르덴
들이라면 루치페로의 근황을 알고 있을 수도 있지 않겠는
가.

다행히 그것은 무혼이 묻지 않아도 총독 호리온이 알려
주었다. 아르아브 해역 항구의 총독들에게 내린 오르덴 장
로회의 밀명.

"아르아브 해역의 오르덴 장로회에서 결성한 연합군은
현재 세둔 항에 집결해 있습니다. 무혼 님은 지금 속히 그
곳으로 가서야 합니다."

아르아브 해역 오르덴 연합군의 사령관은 다름 아닌 무
혼이라 했다.

"알려줘서 고맙소."

무혼은 곧바로 세둔 항으로 향했다.

Chapter 10
용자들의 대작(對酌)

세둔 항.

아르아브 해역의 오르덴 항구 중 하나로 이곳은 다른 항구보다 규모가 가히 수십 배 이상 거대했다. 그 이유는 아르아브 해역의 오르덴 함대 본부가 이곳에 위치해 있기 때문이었다.

현재 세둔 항에는 도합 1백여 함대가 집결해 있었는데, 인근의 다른 해역에 있는 오르덴 장로회에서 파견한 각 해역의 오르덴 함대들과 그들이 고용한 용병 함대들이었다.

용병들은 주로 정령왕이나 로아탄, 그리고 용자들이 이끄는 함대로 구성되었다. 특이하지만 마왕들도 꽤 있었다.

어차피 차원의 바다의 중립자인 오르덴들로서는 마왕들을 고용하는 데 거리낌이 없었고, 마왕들 역시 많은 돈을 준다고 하니 마다할 리가 없었으리라.

그로 인해 용자와 마왕처럼 보통 때는 절대 섞일 수 없는 이질적 존재들이 연합군의 구성원이 되어 있는 특이한 형상이 발생하게 된 것이다.

다른 때라면 상당한 불협화음도 있을 법하지만, 지금은 상황이 상황이다 보니 모두들 긴장한 채 쓸데없는 충돌을 일으키지 않았다.

상대가 타락한 용자 루치페로의 함대라니! 그리고 초용족이 무려 여섯 명이나 그의 부하가 되었다니! 그들과 무슨 수로 싸워 이긴단 말인가? 용병들의 사기는 말이 아니었다.

마왕뿐 아니라 용자들 중에서도 인상을 찡그린 채 고민에 빠져 있는 이유는 오르덴들이 루치페로를 상대로 승리하기가 결코 쉽지 않아 보여서였다.

솔직히 말하면 지금으로서는 루치페로가 아니라 그 휘하의 일개 초용군단 하나도 상대하기 불가능한 상황 아닐까? 그나마 초월자급 절대 용자가 연합군의 사령관으로 올 예정이라 하니 모두들 그것 하나에 희망을 걸고 있지만.

웅성웅성.

어쨌든 무려 1백여 함대가 모여 있는 까닭으로 세둔의 유흥가는 매우 북적였다. 대부분의 병력들은 전함에서 비상대기 중이었지만, 용병으로 고용된 마왕이나 그들의 부하 마족들은 전쟁의 긴장감을 풀기 위해 유흥가를 누비고 있었다.

드물지만 정령왕이나 용자로 보이는 이들도 유흥가에 모습을 드러냈다. 푸른빛의 미녀 정령왕 하나와 30대 후반의 사내, 그리고 20대 초반으로 보이는 여인이 바로 그들이었다.

"자! 다들 긴장도 풀 겸 한 잔씩 하는 거야. 어때?"

미녀 정령왕의 말에 두 남녀는 망설이는 기색이었다.

"슈이 님, 아무리 그래도 곧 전쟁인데 술은 좀 그렇지 않습니까? 우리가 무슨 마왕도 아니고."

"맞아요. 다들 긴장하며 대비하고 있는데 우리만 술을 먹기에는 조금 그렇군요. 사악한 마왕 녀석들과 우린 다르다고요."

30대 사내는 아르아브 해역과 인접한 해역 중 한 곳인 욜티 해역에 속한 만디스 대륙의 용자 페롤이었고, 20대 여인은 역시 욜티 해역에 속한 키보토스 대륙의 용자 퓨리어스였다.

그리고 욜티 해역의 두 용자를 데리고 유흥가로 온 미녀 정령왕은 다름 아닌 베나토르 슈이었다. 페롤과 퓨리어스는 그동안 슈이에게 적지 않은 도움을 받은 터라 그녀의 말이라면 무슨 부탁이든 들어주었다.

이번에도 타락한 용자 루치페로와 싸우는 데 그들이 용병으로 참전한 것은 슈이의 요청 때문이었다. 사실 그들은 비록 용자지만 아직 각각의 능력이 웬만한 마왕을 상대하기도 벅찬 터라, 이번 전쟁에 참전하는 것은 매우 위험한 일이 아닐 수 없었다.

그럼에도 불구하고 슈이가 페롤 등을 참전토록 한 이유는 무엇일까? 잠시 후 술집에 들어가 테이블에 앉은 슈이는 페롤과 퓨리어스에게 술을 한 잔씩 따라주었다.

"자자, 긴장들 풀고 한 잔씩 마셔. 어려운 전쟁에 용병으로 참전하게 한 것이 불만이겠지만, 이번 전투가 아마도 너희들에게 큰 도움이 될 거야. 용자답게 좀 더 각성해서 마왕들보다 강해져야지, 언제까지 그딴 놈들에게 쥐어 터지고 살 거야. 안 그래?"

페롤과 퓨리어스는 술을 받아 마시며 어색하게 웃었다.

"뭐, 틀린 말은 아닙니다. 물론 살아남는다는 가정하지만."

"맞아요. 우리가 타락한 용자 루치페로와의 전투에서 승리할 수 있을지 의문이에요."

그러자 슈이가 발끈하더니 술잔을 쾅 내려놓으며 말했다.

　"흥! 한심한 녀석들! 싸우기도 전에 질 것을 걱정하고 있다니 제정신이야? 용자면 용자답게 강인하고 패기도 넘쳐야지. 무혼이 이 꼴을 보면 정말 실망하겠군."

　그러자 페롤과 퓨리어스의 두 눈이 커졌다. 그들도 무혼이 누군지는 알고 있기 때문이다. 그들이 어찌 인근 수백 개 해역에 전설적인 명성을 날리고 있는 절대 용자 무혼의 이름을 모르겠는가.

　"지금 혹시 초월자 무혼 님을 말씀하는 겁니까?"

　순간 슈이의 입가에 미소가 떠올랐다.

　"후후, 그래. 그 무혼이지 또 누가 있겠어? 니들 알아? 걔가 바로 내 동생이야. 나와는 누나 동생하는 사이라고."

　"흐흠! 그렇군요."

　"대단해요."

　페롤과 퓨리어스는 탄성을 질렀지만 표정은 믿지 않는 눈치였다. 그들이 정령왕 슈이가 꽤 마당발임을 모르는 것은 아니다. 그렇다고 초월자급 절대 용자인 무혼과 누나 동생하는 사이라는 것은 믿기 힘든 허풍과 같았다.

　그러자 슈이가 다시 발끈했다.

　"아니? 너희들, 내 말을 못 믿어? 허풍인 줄 아나 본데

진짜란 말이야."

"누가 뭐래요? 진짜 맞겠지요."

퓨리어스가 빙그레 웃었다. 페롤도 웃었다.

"하하! 슈이 님의 말씀을 어찌 의심하겠습니까?"

그들은 진심으로 믿는다는 듯 진지한 표정을 지어 보였
지만 슈이는 코웃음 쳤다.

"말들은 그렇게 하지만 전혀 믿는 눈치가 아니구나. 하
긴 얼마 안 있으면 알게 될 거야. 그는 오르덴 연합군의 사
령관이니 곧 여기로 오겠지. 그때 두고 봐, 너희들!"

바로 그 순간이었다. 누군가 그들의 테이블에 불쑥 앉으
며 말했다.

"난 이미 왔소."

"……!"

모두들 깜짝 놀랐다. 이토록 지척까지 누군가 접근해서
그것도 자신들의 테이블 앞에 착석까지 할 때까지 전혀 몰
랐다는 사실이 그들의 가슴을 서늘하게 했기 때문이다.

비록 정령왕 슈이에는 비할 수 없지만 페롤과 퓨리어스
는 각자의 대륙에서 용자다. 외모는 각각 30대와 20대지만
실제 나이는 3백여 세가 넘었고, 둘이 힘을 합치면 어지간
한 마왕 하나를 물리칠 수 있을 만큼의 실력은 갖추고 있는
것이다.

그런데 그저 평범해 보이는 인간 청년 하나가 착석할 때까지 전혀 감지도 못 했다니 충격이 아닐 수 없었다. 물론 그의 외모는 물의 정령왕 슈이를 초라하게 할 만큼 멋졌지만, 풍기는 기세는 아주 평범했다.

그러나 그의 정체는 슈이로 인해 금세 드러났다. 청년을 본 순간 슈이의 두 눈이 커지더니 탄성을 질렀으니까.

"무혼!"

"후후, 오랜만이오, 슈이 누나."

청년은 다름 아닌 무혼이었다. 그가 누나라는 말을 하자 슈이의 입가에 미소가 맴돌았다.

"어떻게 이리 빨리 온 거야? 셀바 항에서 이곳 세둔 항까지는 아무리 빨라도 2디에스는 걸릴 텐데."

2디에스. 이로이다 대륙의 시간으로 치면 무려 20일이나 항해를 해야 올 수 있는 거리다. 절대 용자 무혼이 셀바 항에 나타났고 그가 바로 세둔 항을 향해 출발했다는 전언이 온 지는 얼마 되지 않았다. 이로이다 대륙의 시간으로 불과 한나절 정도랄까?

그 짧은 시간에 이곳으로 오다니 그것은 상식적으로 이해하기 힘든 일이었다. 그러나 무혼은 빙긋 웃기만 할 뿐 그에 대한 설명은 하지 않았다. 초월자가 아니면 말을 해도 이해하기 힘든 부분이기 때문이다.

"참, 그때는 신세를 많이 졌소. 덕분에 피라타 누명을 벗을 수 있었지요."

"호호! 신세는 무슨. 누나가 동생을 챙겨 주는 건 당연한 거지."

예전 시난 항에서 콘딜로스 마왕과 친분이 있었던 총독 다모일이 무혼을 일방적으로 피라타로 선포한 적이 있었다. 사실 무혼은 그 일에 별다른 신경을 쓰지는 않았지만 슈이는 그 일을 매우 분하게 여겨 적극적으로 나서 무혼의 누명을 벗겨 주었던 것이다.

어쨌든 슈이는 마치 페롤과 퓨리어스에게 들으라는 듯 무혼과 누나 동생 사이임을 다시 강조했다. 페롤 등은 두 눈이 휘둥그레진 채로 무혼을 쳐다보고 있었다.

그들로서는 그야말로 감개무량하지 않을 수 없으리라.

초월자급 절대 용자가 대체 누구인가? 모든 용자들이 꿈에도 이루기 원하는 궁극의 경지가 아니었던가?

허구한 날 마왕이나 피라타들의 위협에 시달리는 페롤과 퓨리어스는 자신들이 초월자와 마주 앉아 있다는 사실에 가슴이 세차게 뛰었다.

'이분이 정말 초월자인가?'

'마왕 따위는 한 손에 소멸시켜 버릴 수 있다던데.'

둘이서 힘을 합쳐야 간신히 마왕 하나와 상대할 만한 능력을 지닌 페롤과 퓨리어스는 용자로서 마왕 따위를 손톱의 때만큼도 여기지 않을 만큼 강력한 용자가 차원의 바다에 존재한다는 것만으로도 가슴이 벅찼다.

그들이 두 눈을 둥그렇게 뜨고 마치 어린아이처럼 동경 어린 눈빛으로 자신을 쳐다보고 있자 무혼은 씩 웃었다. 그는 조금 전 슈이로부터 이들이 용자라는 말을 들은 터였다.

"그러고 보니 다른 용자를 만나게 된 건 처음이오. 만나서 반갑소. 노지즈 해역의 용자 무혼이라고 하오."

순간 페롤과 퓨리어스의 안색이 환해지더니 앞다투어 자신을 소개했다.

"초월자이신 용자를 만나 뵙게 되어 진심으로 영광입니다. 저는 욜티 해역 만디스 대륙의 용자 페롤입니다. 당신은 우리의 희망입니다."

"저는 욜티 해역 키보토스 대륙의 용자 퓨리어스라고 해요. 절대 용자를 만나게 되다니 꿈만 같군요. 부디 사악한 루치페로를 쓰러뜨려 주세요. 당신은 저와 같은 모든 용자들의 자존심이랍니다."

그들은 무엇에 복받치는지 눈물까지 글썽였다. 어찌 보면 우스운 일이었지만 무혼은 그들의 심정을 누구보다 잘 알았다.

용자의 길이 얼마나 고독하던가. 그의 책임은 얼마나 막중하던가. 마왕으로부터 대륙을 지키기 위해 고독한 자신과의 싸움을 하며 강해져야 하는 용자의 고통을 용자가 아닌 이들은 이해하기 어려울 것이다.

그런 용자들에게는 세상에 자신 말고 다른 용자도 존재한다는 사실이 큰 위안이 된다. 하물며 이렇게 서로 만나 다른 용자의 존재를 확인할 수 있다는 것은 무척 기쁜 일이 아닐 수 없다.

페롤과 퓨리어스가 무혼을 보고 큰 위안을 받은 것처럼 무혼 역시 그들을 보면서 적지 않은 뿌듯함을 느꼈다. 그저 이렇게 존재해 주는 것만으로도 기쁜 존재가 있다면, 그들이 바로 용자일 것이다.

반대로 무혼의 급작스러운 등장에 기겁하면서도 놀란 이들이 있었으니!

그들은 술집의 다른 테이블에서 술을 마시고 있던 마왕들이었다. 그 마왕들은 아직 특별한 해역을 가지지 못하고 떠도는 이들로 오르덴들이 막대한 보수를 제시하자 기꺼이 용병으로 참전한 것이었다.

그러나 상대는 초월자 중에서도 가장 무섭다는 타락한 용자 루치페로! 게다가 초용족들이 지휘하는 초용군단까지!

마왕들이 생각하기에 아무리 봐도 이번 전쟁은 오르덴들

에게 승산이 전무했다. 그럼에도 불구하고 그들은 워낙 빈궁한 처지다 보니 오르덴들의 제의를 받아들이지 않을 수 없었던 것이다.

하지만 타락한 용자 루치페로와 싸울 생각을 하니 말 그대로 간이 녹아 버리는 듯한 느낌이라 마왕들의 심정은 말이 아니었다. 그러니 어찌 술을 퍼마시지 않을 수 있으랴.

그러한 와중에 그래도 초월자급 절대 용자가 아군의 사령관으로 나타났으니 그것은 마왕들에게도 매우 반가운 소식이었다.

보통 때라면 눈도 마주치기 전에 달아나야 할 상황이지만 지금은 다르다. 루치페로를 쓰러뜨리기 전까지는 같은 편이니까.

그렇다 해도 절대 용자와 마주치는 건 결코 유쾌한 일이 아니었다. 이곳이 아닌 차원의 바다에서 우연히 그와 조우했다면 마왕들에게는 끔찍한 재앙이 벌어졌을 테니까. 술집에 있던 마왕과 마족들은 슬금슬금 눈치를 보며 나가버렸다.

그런 마왕들의 모습을 보며 슈이는 고소하다는 듯 코웃음 쳤다.

"흥! 저 녀석들이 기가 팍 죽었군. 다른 곳에서 만났으면 손을 좀 봐 줬을 텐데. 상황이 상황이다 보니 참는 거지만.”

“그거야말로 내가 할 소리요.”

무혼 역시 슈이의 말에 동감이었다. 중립자 오르덴들과 달리 용자 무혼에게 마왕이란 결단코 합력할 수 없는, 이른바 공존 불가의 존재다.

본래라면 눈에 보이는 즉시 소멸시켜 버렸겠지만, 오르덴 연합군의 구성원으로 사실상 사령관 무혼의 부하들이나 마찬가지인 터라 그럴 수는 없었다. 소멸시키기는커녕 적어도 이 전쟁이 끝날 때까지는 그들이 죽지 않게 지켜 주기도 해야 할 상황이다.

“자자, 오랜만에 만났으니 한잔 해야지.”

“하하하! 절대 용자께 한잔 올리겠습니다.”

“호호! 마왕들이 기죽는 모습을 보니 정말 통쾌하군요.”

무혼은 빙그레 웃으며 고개를 끄덕였다. 그는 술은 거의 마시지 않는 편이지만 용자들과 만나서 술을 한잔 하는 것은 매우 즐거운 일이었다. 게다가 좋은 누나도 같은 자리에 있으니 금상첨화다.

용자들의 대작(對酌).

차원의 바다에서 각자가 자신의 해역을 지키느라 여념이 없는 용자들끼리 만나 대작을 한다는 건 결단코 쉬운 일이 아니다. 오늘의 일은 무혼뿐만 아니라 페롤과 퓨리어스에게도 좋은 추억 거리가 될 것이었다.

이후로 무혼은 세둔 항에 머물며 또 다른 용자들 혹은 정령왕들과도 만나 간혹 대작을 하곤 했다. 은근슬쩍 마왕들도 와서 무혼에게 술을 올리기도 했다. 비록 공존할 수 없는 원수요, 천적과 같은 존재이지만, 그들에게도 무혼은 경외의 대상이었던 것이다.

용자나 정령왕들뿐 아니라 마왕들에게도 인정받는 존재, 그가 바로 절대 용자였다.

그렇게 차원의 바다의 시간으로 대략 4디에스가 지났을까? 처음 며칠 이후로 무혼은 오르덴 총독이 제공한 저택의 숙소에서 두문불출하며 지냈다.

그러다 보니 모두들 한편으로 불안한 기색을 감추지 못했다. 무혼이 연합군의 사령관으로서 추후 전쟁에 대한 구체적 전략이나 혹은 어떤 지침이라도 내려 줄 것이라 기대했는데, 그에 대해 그 어떤 말도 하지 않고 자신의 거소에만 처박혀 있으니 의문이었던 것이다.

답답한 마음에 오르덴 총독을 비롯해 정령왕이나 용자들이 무혼을 찾아갔지만 기이한 결계가 그들을 가로막아 아무도 접근할 수 없었다.

그렇게 무려 4디에스의 시간이 지난 것이다.

그러다 보니 혹자들은 무혼이 루치페로를 두려워하여 불

안에 떨고 있다 말하기도 했다. 심지어 무혼이 달아났다고 생각하는 이들도 있을 정도였다.

그러나 그들의 생각과 달리 무혼은 이후의 결전을 앞에 두고 그동안 자신이 이룬 모든 무공과 마법, 주술의 경지들을 다시 돌아보며 수련에 열중하고 있었다.

어차피 지금 상황에서 다른 전략이란 존재하지 않는다. 오히려 번거롭기만 할 뿐이다. 100여 함대가 있다 하지만 그것이 초월자 앞에서는 얼마나 가소로운 것인지 저들은 상상조차 하지 못하리라.

그만큼 승패는 오직 초월자들의 승부에 달려 있었다. 무혼은 가장 먼저 아르아브 해역으로 접근하고 있다는 초용족 루나티쿠스와의 승부를 기다리며 자신의 모든 역량을 집중하고 있는 터였다.

아직 싸워보지 않았지만 푸르의 말을 토대로 생각해 볼 때 그와의 승부는 걱정할 것이 없었다. 무혼은 이미 푸르와 비슷한 능력을 가진 초용족이라면 한 번에 둘 이상도 동시에 상대해 이길 자신이 있기 때문이었다.

따라서 무혼은 이번 승부에 그 어떤 불안감은 없었다. 오히려 기대감이 있을 뿐이다. 또 다른 초월자와의 결투에서 어쩌면 다시 한계를 깰 수 있는 새로운 깨달음을 얻게 될지 모르니까.

휘이이이이—

광활한 차원의 바다의 수평선을 뒤덮은 거대한 바람! 이른바 차원풍이라 불리는 가공할 폭풍!

트레비 해역을 순식간에 주파해 아르아브 해역으로 진입한 차원풍은 한동안 질주하다 이내 옅어졌다. 수평선 가득했던 검은 바람은 온데간데없고 바다는 잠잠해졌다.

그러나 잠잠한 바다 위에 떠 있는 수많은 함선들! 그 숫자는 언뜻 봐서는 헤아릴 수조차 없었다. 무려 200여 개가 넘는 함대로 구성된 초용군단의 위용은 실로 경이적이었다.

암흑천조 루나티쿠스!

차원의 바다의 초월자인 초용족 루나티쿠스가 이 초용군단의 군단장이자 사령관이었다. 그는 차원풍을 통해 자신의 초용군단을 아르아브 해역에 진입시킨 후 담담히 전면을 노려봤다.

그곳엔 거대한 항구가 존재했다. 아르아브 해역의 군항인 세둔 항이었다. 언뜻 봐도 1백여 개가 넘는 함대들이 세둔 항을 주위로 포진해 있었다. 인근 수십 개 해역을 통틀어 가장 강력한 전력이었지만 그의 앞을 막기란 부족했다.

"가소로운 것들. 고작 그 정도로 내 앞을 막을 수 있을 것 같은가?"

루나티쿠스는 그대로 돌진해 세둔 항을 쓸어버리고 싶었지만 참았다. 그는 보다 많은 부하들을 끌어들여 루치페로 휘하 초용군단 중 최강의 전력을 갖고자 하는 야심을 가지고 있었기 때문이었다.

"들어라, 세둔 항이여! 나는 암흑천조 루나티쿠스. 차원의 바다는 이후로 오르덴이 아닌 루치페로와 우리 초용족들이 지배하게 될 것이다. 우리를 따르는 이는 살 것이요, 거부하는 이는 오직 죽음뿐이다."

루나티쿠스는 마치 읊조리듯 나직이 말했지만 그의 음성은 광대한 영역을 울리며 퍼져 나갔다. 세둔 항에 정박한 수많은 함선들뿐 아니라 도시 내부에 있는 어디서든 그의 음성은 우레처럼 크고 선명하게 들렸다.

"항복하라! 내게 항복하는 이에게는 이후로 나와 함께 차원의 바다를 지배하는 영광의 기회를 주겠다. 망설이지 마라. 기회는 오직 지금뿐이니. 이후로 아무리 후회해도 멸망을 면치 못하리라."

그러자 오르덴 연합군 함대에 요동이 일었다. 그만큼 초용족 루나티쿠스가 주는 위협은 가공했다.

무엇보다 항복하면 살려 준다니! 게다가 이후로 자신들과 함께 영광을 누릴 수 있게 해 준다니.

그 말에 마왕들의 마음이 가장 크게 흔들렸다. 정령왕이나 로아탄, 용자들은 차원의 바다의 절대 악에 대항한다는 어떤 명분 아래 모인 것이지만, 마왕들은 오직 돈 때문에 온 것이기 때문이다. 그들은 결단코 이 승산 없는 전쟁을 위해 자신들의 목숨을 바칠 생각은 없었다.

그러다 보니 루나티쿠스를 향해 즉각 항복을 선언하고 나아가는 마왕 함대가 몇 있었다. 이에 루나티쿠스는 의미심장한 미소를 지으며 다시 말했다.

"마왕들이여! 그대들이 가장 현명하도다. 이후로 그대들은 나 루나티쿠스의 초용군단원으로 영원토록 영광을 누리게 될 것이다. 하나 감히 나의 권고를 받고도 꿈쩍도 하지 않는 이들이여! 너희들의 주제를 알라. 너희들이 내게 상대가 된다 생각하느냐? 특히 마왕들이여! 너희들은 무엇 때문에 하찮은 오르덴들의 주구가 되어 죽음을 자초하는가? 망설이지 말고 나오라. 나를 따르는 마왕들은 해역을 하나씩 나누어 받게 되리라."

그러자 망설이던 마왕들이 일제히 항복을 선언하고 루나티쿠스의 함대에 합류했다. 이로써 세둔 항 오르덴 연합 함대의 숫자는 불과 80여개로 줄었다. 그들 중에 마왕 함대는 하나도 없었다.

"크흐흐! 정령왕들이여! 실로 어리석군. 왜 망설이는가?

설마 하찮은 오르덴들과의 의리를 지키기 위함인가? 정녕 차원의 바다의 먼지가 되어 흩어지고 나서야 후회하겠는가? 로아탄들이여! 아직 제대로 된 주인을 만나지 못한 방랑자들이여! 그대들은 무엇 때문에 나와 대적해 죽음을 자초하려 하는가? 용자들이여! 그대들은 이제 새로운 흐름에 적응하는 게 현명하도다. 그대와 그대를 따르는 세계를 구하고 싶다면 이제 그만 하찮은 오르덴들의 뒤를 닦아 주는 어리석음을 그치고 나를 따르도록 하라."

그러자 정령왕들과 로아탄, 용자들의 인상이 일그러졌다. 이대로 있으면 죽을 것이 뻔한데 차라리 항복해서 살아남는 것이 어떨까? 용자로서 굴욕을 당할지라도 그로 인해 자신의 세계를 지킬 수 있다면?

그러나 그들 중 누구도 항복을 선언하는 이는 없었다. 타락한 용자 루치페로가 어떤 이인지는 잘 알고 있는 그들이다. 그는 마왕들도 치를 떠는 무서운 존재다. 차원의 바다의 파멸자가 바로 그다. 그런 그의 밑으로 들어가는 것은 비록 일시적으로 죽음을 모면할 수는 있어도 결국은 파멸로 치닫게 되는 길이리라.

그렇다 해도 두려운 것은 어쩔 수 없었다. 죽음의 공포 앞에서는 정령왕이건 로아탄이건 용자들이건 무력해질 수밖에 없으니까.

그러한 사실을 누구보다 잘 알고 있는 루나티쿠스는 득의만만한 미소를 지으며 외쳤다.

"크큿! 감히 나를 따르지 않는 가소로운 족속들이여! 이제 너희에게는 오직 재앙만이 기다리고 있음을 깨달으라. 너희는 모든 힘을 잃고 노예가 되어야 할 것이다. 너희뿐 아니라 너희들이 지배하는 해역의 모든 세계들은 나를 따르는 이들의 소유가 될 것이다. 진정으로 마지막 기회를 준다. 지금이라도 나를 따르면……."

"이봐? 그만했으면 적당히 된 거 아닌가? 뭘 더 그리 욕심을 부리는지 모르겠군. 곧 죽을 놈이 말이야."

갑자기 루나티쿠스의 말을 가로막는 음성이 있었다. 나직한 음성이었지만 그 음성은 세둔 항뿐 아니라 인근의 방대한 해역 전체로 울렸다.

신비하게도 그 음성은 루나티쿠스의 초용군단에 속한 함대들에게는 무섭도록 섬뜩한 공포심을 주었고, 세둔 항에 집결해 있는 오르덴 연합 함대들에게는 안도감을 주었다.

비로소 정령왕, 용자, 로아탄들은 자신들에게도 초용족 루나티쿠스 못지않은 초월자가 존재함을 자각했다. 한동안 두문불출하며 어디론가 사라진 줄 알았던 절대 용자 무혼이 드디어 모습을 드러냈다.

그때 루나티쿠스는 느닷없이 자신의 말을 끊었을 뿐 아

니라 곧 죽을 놈이 어쩌고 하며 자신을 협박하는 정체불명의 존재에 대해 극도로 분노했다.

그러나 그는 미처 분노를 분출할 틈도 없었다. 마치 환영처럼 번쩍 나타나 서슴없이 그를 향해 검을 휘두르는 한 흑발 청년 때문이었다.

Chapter 11
아차원의 결계

쉬익!

그가 들고 있는 검은 평범한 롱 소드로 보였다. 그것을 휘두르는 궤적도 특별한 건 없었다. 그냥 공간을 가르며 날아들었을 뿐이다.

그러나 루나티쿠스는 그것을 피하기 쉽지 않았다. 평소 같으면 그저 가소롭기만 할 뿐인 평범한 롱 소드! 설령 그런 검 수만 개가 그의 몸에 처박혀도 작은 상처 하나 입히지 못할 만큼 보잘것없는 무기가 아니었던가?

대체 저 평범한 롱 소드에 어떤 조화가 깃들어 있기에 초용족인 그를 기겁하게 만드는 것일까?

까앙!

루나티쿠스는 그의 애병 플뤼겔을 소환해 간신히 검을 막았다. 플뤼겔은 기다란 창으로 그 안에는 강력한 차원력이 깃들어 있어 작정하고 휘두르면 설령 초월자들이라 해도 무사하기 힘든 가공할 위력이 발산된다.

그런데 그러한 미증유의 거력이 깃든 플뤼겔을 사용하고도 평범한 롱 소드를 간신히 막아냈다. 그뿐이 아니다.

콰직—

일순 플뤼겔의 창신에 금이 가더니 툭 부러졌다. 이어서 두 동강 난 각각의 창신이 부르르 떨리더니 가루로 변해 흩어져 버렸다.

"으! 이럴 수가?"

믿을 수 없는 일이 벌어졌다. 루나티쿠스는 단번에 자신의 애병 플뤼겔을 먼지로 만들어 버린 정체불명의 청년을 향해 두 눈을 부릅떴다.

"그대가 절대 용자 무혼인가?"

"이 상황에 굳이 쓸데없는 질문을 하는 이유를 모르겠군. 살고 싶으면 네가 할 수 있는 전력을 다해라."

무뚝뚝하게 내뱉는 청년의 음성. 그의 두 눈에서 섬뜩한 한기가 뿜어져 나왔다. 순간 루나티쿠스는 초용족이 된 이래 두 번째로 극심한 공포를 맛보았다.

그중 첫 번째는 타락한 용자 루치페로와 만났을 때였고, 두 번째는 바로 지금이었다. 루치페로의 살기는 차원의 바다를 녹여 버릴 만큼 가공했지만 지금 앞에 서 있는 청년도 그에 못지않았다.

하지만 루나티쿠스 역시 초월자다. 그 역시 상대가 강하면 강할수록 투지가 더욱 불타는 초용족 전사인 것이다.

"크큿! 모처럼 내 피를 끓어오르게 만드는 상대를 만났군. 어디 네가 나의 공격을 받아낼 수 있는지 보겠다."

그 말이 끝나는 순간 사방이 온통 암흑으로 변했다. 차원의 바다가 아닌 전혀 다른 공간.

그 안에서 루나티쿠스의 모습은 거대한 새의 형상으로 화해 있었다. 새로 변신한 것이 아니라 그것이 바로 그의 본신이었다.

암흑천조(暗黑天鳥) 루나티쿠스!

초용족인 그가 드디어 자신의 모든 능력을 개방한 것이다. 무혼은 그가 만든 결계 속으로 빨려 들어갔다.

아차원(亞次元)의 결계!

이 아차원의 결계 속에서 벌이는 전투의 여파는 다른 곳에 미치지 않는다. 그렇지 않으면 초용군단은 물론이요 세둔 항에 주둔해 있는 오르덴 연합 함대까지 모조리 몰살당할 만큼 강력한 여파가 미칠 것이기에 부득이 한 일이었다.

그러나 루나티쿠스가 펼친 아차원의 결계에는 또 다른 비밀이 존재했다. 그가 무혼을 겨냥해서 이 결계를 펼친 이상 그와 무혼, 둘 중 하나가 죽어야만 이 결계가 풀리게 된다.

다시 말해 루나티쿠스는 자신의 생사를 걸고 무혼과 결투를 하겠다는 뜻을 드러낸 것이었다. 그런 만큼 이 결계 안은 암흑천조로서의 힘을 가장 강력히 발휘할 수 있게 조성된 터였다.

크카아아아아아!

암흑 공간 속에서 날아드는 괴조! 그것의 크기는 거대함 그 자체였다. 두 눈에서는 시퍼런 뇌전들이 번쩍이고 크게 벌린 입에서는 웬만한 대륙쯤은 단숨에 태워 버릴 듯 강렬한 화염이 쏟아져 나왔다.

파지직! 번쩌쩍!

화아아! 화르르르르—!

하늘도 땅도 존재하지 않는 사방에 뇌전의 불꽃들이 튀었고 이내 시뻘건 화염의 불바다로 변했다. 도처에서 일어난 폭발의 여파는 극강기 폭발과는 비할 수 없이 강력했다.

그러나 무혼은 담담히 본래 그 자세 그대로 서 있었다. 뇌전과 화염이 만들어 내는 대혼돈의 가공할 폭발력 중 그 어떤 것도 그의 옷깃 하나 건들지 못했다. 무혼은 마치 그

자리에 존재하지 않는 허상과도 같았다. 루나티쿠스가 만들어낸 모든 물리력은 그의 몸을 그냥 스치듯 통과할 뿐이었다.

이에 조급해진 루나티쿠스는 자신의 모든 것을 쏟아 부었다. 최악의 경우에는 무혼과 함께 동귀어진이라도 할 작정으로. 그러다 보니 일순 그가 낼 수 있는 모든 힘의 한계치를 넘어서 버렸다.

"통탄스럽군, 절대 용자여! 어찌 하찮은 인간 따위가 나와 같은 초용족을 능가할 힘을 가졌단 말인가? 무슨 특별한 방법이라도 있었나?"

"난 그냥 자유롭고 싶었을 뿐이다."

순간 루나티쿠스의 두 눈에 허탈한 기색이 어렸다.

"그렇군. 자유……! 왜 내가 그걸 잠시 잊고 있었을까?"

"이 상황에 그런 걸 따져서 무슨 의미가 있나?"

"크크큭! 하긴 그래. 아무런 의미도 없지. 지금 보니 모든 것이 후회스럽군. 할 일도 없고 너무 허무해서 벌인 일치고는 그 결과가 너무 참혹하단 말이야. 어차피 돌이킬 수 없는 일이니……."

힘의 한계치를 넘어선 대가는 참혹했다. 모든 힘을 잃어버린 루나티쿠스의 몸이 세차게 떨리더니 이내 가루로 변해 흩어져 버렸다. 그러나 그가 죽음까지 각오하며 만들어

낸 최후의 공격이 아직 남아 있었으니!

콰콰쾅! 쿠콰콰콰쾅—!

가공할 폭발! 그 힘은 아차원의 결계를 갈기갈기 찢어버렸다.

쿠쿠우! 콰아아아아아앙!

그로 인해 그 폭발력은 아차원의 결계를 벗어나 차원의 바다로 미쳤다. 루나티쿠스가 있던 지점을 중심으로 파장처럼 확산되는 그 힘에 미치는 모든 것이 가루로 변해 사라졌다.

푸스스스—

루치페로 제3 초용군단이 전멸하는 것은 순식간이었다. 그러나 그 가공할 폭발력은 무언가의 장벽에 막혀 세둔 항이 있는 쪽으로는 가지 못했다.

쿠우우우우우—!

요동치는 물결이 하늘 상공 높은 곳까지 치솟았다가 가라앉았다. 차원의 바다가 고요해진 것은 그 후로도 한참이 지난 후였다.

폭풍도 사라지고 물살은 잔잔해졌다. 그 위에는 오직 무혼 홀로 서 있었다. 예의 평범한 롱 소드를 손에 쥔 그대로.

'자폭이라? 그것이 초용족 최후의 자존심인가?'

무혼은 씁쓸히 웃었다. 루나티쿠스는 무혼의 손에 죽는

것보다 스스로 죽는 것을 선택한 것이다.

아차원의 결계가 부서진 이유는 폭발력 때문이 아니었다. 그 결계를 만든 루나티쿠스가 죽었기 때문에 벌어진 일.

그에 의해 자신의 초용군단이 전멸할 것이란 사실을 알고 있음에도 그러한 일을 벌인 것은, 비록 마지막이지만 초월자로서 자신의 일에 자책을 느낀 듯했다. 그로써 루치페로 휘하의 초용군단 하나가 흔적도 없이 사라져 버렸다.

"……."

모든 것이 허무해서 벌인 일치고는 너무 참혹하다? 그렇다면 그는 허무함을 이기지 못하고 루치페로의 악행에 가담했던 것일까?

허무함이 그를 지배한 이후 어렵게 획득한 초월자로서의 자유도 사라졌다. 그는 타락했고 더 이상 자유로운 존재가 아니었다. 다시 무언가의 노예가 되어 버렸으니까.

그러고 보면 진정 무서운 적은 외부에 있는 것이 아니다. 내부에 있다. 절대 용자건 초용족이건 타락하고 싶지 않다면 외부가 아닌 내부의 적을 경계해야 하리라. 바로 허무함이라는 무서운 적을!

한편 그때까지 무슨 일이 벌어지는 줄 모르고 마음을 졸이고 있던 세둔 항의 오르덴 연합군 함대들은 전방을 가득 메우고 있던 초용군단의 함대들이 가공할 폭발과 함께 흔적도 없이 사라져 버리는 모습을 보고 일제히 환호성을 질렀다.

"와아아아! 이겼다!"

"초용군단이 전멸했다!"

그들은 비로소 보았다. 초월자급 절대 용자의 위용을! 환호성을 지르는 모두의 눈에서 일제히 눈물이 흘러내렸다. 그토록 두려웠던 루치페로 제3 초용군단이 전멸하는 장면을 지켜본 지금의 감동을 어찌 말로 형언할 수 있으랴.

그러나 그들과 달리 무혼의 심정은 담담했다. 이제 대적해야 할 강적 중에 고작 하나를 물리쳤을 뿐이다.

눈에는 보이지 않지만 그는 느낄 수 있었다. 루나티쿠스가 죽는 순간 이곳을 향해 몰려오는 미증유의 기운들을!

가공할 차원풍을 형성하며 다가오는 그것들의 숫자는 도합 여섯! 하나는 루치페로일 것이고 나머지 다섯은 초용군단을 이끄는 초용족들일 것이다.

그중 가장 빠른 것은 세둔 항의 인근까지 도착했다. 다름 아닌 화마룡 가르티바가 이끄는 초용군단이었다.

'가르티바를 해치우고 나머지는 동시에 상대한다.'

루치페로는 네 개의 초용군단과 함께 움직이고 있었다.

어쩔 수 없이 무혼은 그들 전부를 동시에 상대할 수밖에 없는 상황이었다.

머뭇거릴 때가 아니다. 그나마 현재 선봉으로 다가오는 가르티바를 재빨리 해치우지 않으면, 그마저 루치페로와 합류하게 될 테니까.

휘이이이이—

수평선을 가득 메운 거대한 차원풍! 그것이 아르아브 해역을 향해 몰려오고 있었다. 이 속도면 잠시 후 트레비 해역을 지나 아르아브 해역으로 진입하게 될 것이다.

그런데 차원의 바다를 가득 메우며 돌진해 오던 차원풍이 갑자기 멎었다. 동시에 화마룡 가르티바를 향해 날아드는 거대한 검이 있었으니!

차원의 바다, 그 까마득한 상공에서 느닷없이 형성되어 번개처럼 내리 떨어지는 거대한 백색 빛의 검은 대체 무엇인가? 가르티바는 깜짝 놀라 방어벽을 형성시키려했지만 그 검은 이미 그의 몸을 꿰뚫어 버린 터였다.

"컥!"

가르티바는 몸을 떨었다. 도저히 믿을 수 없는 일이 벌어졌다. 초월자인 그가 제대로 된 저항도 해 보지 못하고 당했다. 정체불명의 거대 백색 검은 가르티바가 미처 자각할

틈도 없이 이미 그의 몸을 이루는 초월자로서의 모든 힘을
파괴해 버렸다.

"크으으! 그, 그대는……."

가르티바는 자신의 앞에 오연히 서 있는 흑발 청년을 노
려봤다. 청년은 무심한 표정으로 대답했다.

"당신이 죽이러 가는 그자가 바로 나요."

"……?"

가르티바는 허탈한 듯 큭큭 웃더니 이내 먼지가 되어 흩
어져 버렸다. 무혼은 아까와 달리 이번에는 작정하고 전력
을 다했다. 초월자로서 그가 가진 전력을 다한 것은 지금이
처음이다.

계속해서 무혼은 망설이지 않고 가르티바가 이끌던 루치
페로 제5 초용군단의 함대들을 모조리 수장시켜 버렸다.

그렇게 제3 초용군단에 이어 제5 초용군단까지. 루치페
로의 6개 초용군단 가운데 2개가 사라졌다.

순식간에 무혼은 초용족 둘을 죽였지만, 여전히 아직 다
섯 명의 적이 남아 있는 이상 안심할 수 없었다.

특히 리가스 루치페로!

그와의 승부가 이번 전쟁의 승패를 결정하게 될 것이다.
무혼은 이미 그와 네 명의 초용족이 인근으로 접근해 왔음
을 알고 있었기에 천천히 앞으로 걸으며 그들이 오기를 기

다렸다.

그런데 이 광활한 차원의 바다에서 그들이 어찌 알고 무혼이 있는 곳을 찾아올 것인가?

비록 이곳이 트레비 해역에서 아르아브 해역으로 진입하려면 반드시 진입해야 하는 길목이긴 하지만, 그렇다 해도 무척이나 넓은 지역이다. 배도 없이 혼자 바다 위를 산책하듯 거닐고 있는 무혼을 찾기란 쉬운 일이 아닌 것이다.

그러나 무혼은 자신이 초용족 둘을 죽인 이상 이제 차원의 바다 어느 구석에 숨어 있어도 루치페로가 반드시 찾아올 것을 알고 있었다.

무혼으로서는 오히려 반가운 일이었다. 자신이 직접 찾아 나서지 않아도 알아서 찾아올 테니까.

"⋯⋯."

잠시 시간이 흘렀을까? 무혼은 전방의 수평선을 시커멓게 메우며 몰려오는 차원풍을 발견했다.

그런데 차원풍은 무혼이 그것을 노려보자 마치 기다렸다는 듯 감쪽같이 사라져 버렸다. 그와 함께 무혼은 자신의 사방을 포위한 무수한 함대들의 모습을 볼 수 있었다.

까마득한 수평선의 어느 쪽을 둘러봐도 함선들이 보였지만 무혼은 무심한 눈빛으로 검갑에서 검을 빼 들었다.

스릉.

그리고 전면을 노려보자 그의 앞으로 남자인지 여자인지 알 수 없는 아름다운 인간의 모습이 나타났다. 어찌 보면 잘 생긴 미청년 같고, 다시 보면 절세의 미녀와 같은 그는 무혼이 지금껏 본 그 누구보다 아름다웠다.

그야말로 미의 극치라 할 수 있을까?

그로부터 발산되는 매력은 가공했다. 그냥 쳐다보고만 있어도 그에게 굴종하고 싶은 마음이 들었던 것이다. 루치페로의 이 신비한 매력에 비하면 보통의 마왕들이 가지는 매력은 발가락의 때만도 못 했다.

그러나 그런 신비한 매력이 주는 경이감보다 그의 전신에서 뿜어져 나오는 가공할 기세야말로 무혼이 지금껏 마주했던 그 누구보다 강력했다.

'루치페로……! 예상 이상이군.'

무혼은 자신의 앞에 나타나 빙그레 미소를 짓고 있는 인간이 바로 리가스 루치페로일 것이라 확신했다. 푸르의 말을 통해 그가 어느 정도 수준일 것이라 대략 예상은 했지만, 지금 무혼의 앞에 나타난 루치페로의 힘은 그의 예상을 훨씬 상회했다. 무혼이 전력을 다해도 과연 이길 수 있을지 의문인 상대였다.

그때 루치페로가 기이한 미소를 지으며 말했다.

"절대 용자 무혼! 그대는 나를 감탄하게 하는구나. 아득히 오랜 옛날의 나를 보는 것 같아서 기분이 새로워."

"실망시키지 않아 다행이오."

무혼은 담담히 대꾸했다. 그는 루치페로를 보며 두 가지 감정이 들었다. 하나는 이제 어쩌면 삶의 종지부를 찍을 때가 온 것인지도 모르겠다는 데서 오는 씁쓸함이었고, 다른 하나는 진정한 강자를 만났으니 잘하면 또 한계를 초월할 수 있는 깨달음을 얻을 수 있을 것 같다는 기대감이었다.

그러나 설령 그중 후자 쪽이라 해도 무혼은 자신이 살아남기 쉽지 않음을 직감했다. 루치페로 하나라면 혹 모르나, 초용족이 무려 넷이나 있다.

초용족 중 둘은 앞서 무혼이 해치운 루나티쿠스나 가르티바 수준이었지만, 다른 둘은 그들과 차원이 달랐다. 가히 루치페로에 버금갈 만한 강력한 능력을 지닌 초용족들.

천화린룡(天花璘龍) 아르티펙스와 광마룡(狂魔龍) 크라니오!

각각이라면 모를까, 과연 이 둘의 합공을 견뎌낼 수 있을지 무혼은 자신하기 힘들었다.

그러한 초용족들이 정사각을 이루며 무혼을 포위했고, 그들이 이루는 정사각의 결계 아래 무혼과 루치페로가 대치하고 있는 상황이다.

무혼은 문득 절망이라는 단어가 떠올랐다. 지금 상태라면 도주도 불가능하다.

문득 루인의 슬퍼 보이는 눈빛이 떠올랐다. 그녀는 왜 그리 슬픈 표정을 간혹 보였을까?

혹시 그녀는 이런 상황을 예감했던가?

분명 그러했을 것이다. 현자인 그녀는 알고 있으면서도 차마 말을 하지 못하고 무혼을 보냈을 것이다. 차라리 모르면 좋을 것을, 미래의 불행한 운명을 미리 예감하는 것처럼 슬픈 일은 없을 텐데.

그런데 만일 무혼이 죽으러 가는 것이었다면? 정말로 패배할 상황이라면 루인이 순순히 보내 줬을까?

그럴 리는 없었다. 패배가 예정된 것이라면 차라리 무혼이 힘을 길러 후일을 도모하도록 어떤 식으로든 설득했을 그녀였다. 그녀는 현자니까.

그러나 그녀는 무혼을 순순히 보내주었다. 그것은 무엇을 의미할까? 적어도 무혼이 루치페로에게 패배할 리가 없음을 의미했다.

또한 그녀는 무혼에게 평범한 삶을 경험하게 했다. 삶의 소소한 행복이 뭔지 느낄 수 있도록. 처음에는 무척 뜬금없었지만 그로 인해 무혼은 많은 것을 얻었다.

'루인, 그대가 어떤 미래를 보았는지 이제 알겠군.'

지금 상황에서 왜 루인의 환한 미소가 떠오르는 것일까? 그와 동시에 그녀의 슬픈 미소도 겹쳐졌다. 두 번 다시 볼 수 없는 연인을 보내는 그 처연한 미소가.

'안타깝군. 정녕 그 방법밖에 없다는 말인가…….'

그때 무혼의 씁쓸한 표정을 잠시 지켜보던 루치페로가 입을 열었다.

"그대는 지금 절망을 느끼고 있겠지. 그렇다면 오히려 현명한 일이다. 지금껏 그대가 절대 용자가 되어 이룬 모든 것들이 내 앞에서 얼마나 초라한지 알게 되었을 테니까."

"어느 정도는 맞는 말이오."

무혼은 부인하지 않고 고개를 끄덕였다. 루치페로가 웃었다.

"후후후! 솔직한 그 성격 또한 예전의 나와 아주 비슷하군. 어떤가, 나를 따르는 것이? 그대 정도라면 차원의 바다에서 나의 바로 아래 자리를 차지할 자격이 있다. 이후로 만들어질 모든 초용군단을 총지휘할 총사령관의 자격을 줄 수 있어."

"나를 그렇게 높게 평가해 주다니 실로 영광이군. 그런데 한 가지 묻겠소. 당신은 본래 용자라 했는데, 무엇 때문에 타락한 용자가 된 거요?"

그러자 루치페로가 어깨를 으쓱했다.

"그건 오해다."

"오해?"

"대체 타락의 기준이 무엇인가? 애초부터 타락한 용자 따위는 존재하지 않는다. 모든 건 하찮은 오르덴들이 붙여놓은 허튼소리에 불과할 뿐이지. 어째서 이 방대한 차원의 바다를 그따위 허접한 족속들이 지배하도록 방치하는지 나는 이해할 수 없다. 그래서 이제 내가 나서서 그 질서를 좀더 합리적으로 바꿀 생각이야."

"그러니까 쉽게 말해 당신이 차원의 바다를 지배하는 로드가 되겠다는 말이 아니오?"

"그 말도 틀린 말은 아니지. 힘 있는 자가 지배를 하는건 당연한 일이니까. 이후로 차원의 바다에 존재하는 모든 마왕과 용자, 정령왕을 비롯한 그 누구도 나의 지배를 벗어나지 못할 것이다. 물론 초월자들도 예외는 없다. 보통의 초월자들과 나는 그 궤를 달리하니까."

무혼은 픽 웃었다. 결론적으로 루치페로는 자신이 최고이며 자신에 의해 차원의 바다가 지배되어야 한다는 확신을 가지고 있는 터였다.

루치페로가 오르덴들을 싫어하는 이유는 오르덴들이 그런 그에게 대적하기 때문이었다.

실상 그의 말과는 달리 오르덴들은 차원의 바다의 중립

자로서, 그 누구도 지배하지 않는다. 오히려 누군가 차원의 바다를 루치페로처럼 지배하려 하면 그것과 맞서 싸우는 역할을 할 뿐이다.

무혼도 실은 오르덴들을 그리 좋아하지는 않는다. 그들이 돈독에 너무 물들어 있고, 여러모로 타락한 인간들의 모습과 비슷한 문화를 가지고 있기 때문이다.

그러나 그것은 오르덴들이 가지는 일부 단점일 뿐이고, 그들은 차원의 바다에서 반드시 필요한 존재였다. 그들은 차원의 바다를 여행하는 여행자들을 위한 쉼터를 제공해주고, 사악한 피라타들을 현상금을 내걸고 잡아들이기도 하니까.

특히 지금처럼 타락한 용자와 맞서 싸우는 중심에 오르덴들이 있지 않은가? 물론 그들의 이익을 위해서이긴 하지만 그들은 막대한 돈을 풀어 용병들을 고용해 타락한 용자와 맞서고 있다.

따라서 차원의 바다에서 가장 강한 존재들은 실상 오르덴이리라. 오늘 설령 무혼이 루치페로와의 승부에서 패할지라도, 그래서 아르아브 해역을 비롯한 인근의 모든 해역들이 루치페로의 손으로 들어간다 해도, 결국엔 오르덴들이 고용한 용병들에 의해 루치페로는 언젠가 패배할 수밖에 없을 것이다.

차원의 바다에는 루치페로보다 훨씬 강력한 초월자급 절대 용자들이 분명 존재할 것이기에.

그때 루치페로가 미간을 살짝 찌푸리며 물었다.

"어떤가? 그대는 아직 나의 말에 답을 하지 않았다. 나를 따르겠는가? 아니면 먼지가 되어 사라지겠는가? 둘 중 하나를 택하라."

"굳이 택한다면 먼지가 되어 사라지는 쪽을 택하겠소. 하지만 순순히 먼지가 되지는 않을 것이니 각오하는 게 좋을 거요."

루치페로가 어이없다는 듯 피식 웃었다.

"나와 싸우겠다는 건가? 승산이 있다고 생각하나?"

무혼은 싸늘히 웃으며 대답했다.

"지금껏 나에게 그런 말을 했던 이들은 모두 내게 패했소. 당신이 혹시 유일한 예외가 될지는 모르지만, 모든 건 두고 봐야 하는 것 아니겠소?"

그 말과 함께 무혼의 신형이 환영처럼 사라졌다. 바로 그 순간 루치페로가 코웃음 치며 손을 휘저었다.

"가소로운! 어디서 그따위 잔재주를 피우느냐?"

그의 손이 공간을 가르자 어디선가 푸확, 소리와 함께 피보라가 일었다. 그런데 그것이 끝이었다. 루치페로는 분명 무혼을 베었는데 그는 죽지 않았다. 놀랍게도 완벽하게 종적을 감춰 버렸다.

설마 도주인가?

아니었다. 만일 도주였다면 사방이 이런 식으로 변하지 않는다. 광활한 차원의 바다는 온데간데없고 사방은 캄캄한 암흑의 공간으로 바뀌었다.

스스스스.

아차원의 결계가 펼쳐진 것이다. 놀랍게도 이 막막한 공간 속에 루치페로를 비롯해 네 명의 초용족, 그리고 네 개의 초용군단에 속한 모든 함대의 일원들이 들어왔다.

이는 물론 무혼이 갑자기 시전한 아차원의 결계에 루치페로와 초용족들이 대항하며 만들어 낸 결과였다. 그로 인해 이 새롭게 생겨난 아차원은 무혼이 죽거나 혹은 무혼을 제외한 다른 모든 이들이 죽거나 하지 않으면 사라지지 않는 특이한 세계가 되어 버렸다.

루치페로가 조소를 흘렸다.

"어리석은! 이따위 아차원의 결계를 펼치면 뭔가 달라질 것이 있을 거라 생각했는가?"

만일 무혼과 루치페로, 이 둘만 따로 아차원의 결계에 들어왔다면 무혼에게 조금이나마 승산이 생겼을지도 모른다. 그러나 이 아공간에는 루치페로와 그의 부하들이 모두 들어왔다. 상황이 조금도 달라진 것이 없었던 것이다.

더구나 지금은 무혼이 무리하게 아차원의 결계를 펼치는 와중에 루치페로의 공격에 당했고, 그로 인해 큰 부상을 입은 터였다. 따라서 이곳에서의 승부는 무혼에게 극히 불리해졌다.

물론 그것은 루치페로와 초용족들의 생각일 뿐이었다. 중요한 건 무혼이 자취를 감추어 버렸다는 것! 그리고 이 놀랍도록 방대한 결계 속에서 그를 찾기가 결코 쉽지 않다는 것이었다.

그래도 처음에는 금세 찾을 수 있으리라 여겼다. 아니, 무혼이 어떤 식으로든 공격해 오리라 여겼다. 그러나 한참의 시간이 흘러도 무혼은 어딘가에 처박혀 꿈쩍도 하지 않았다. 그는 이런 가공할 위력의 절대 은신법이 존재한다는 것이 도무지 믿기지 않았다.

"빌어먹을! 수단과 방법을 가리지 말고 놈을 찾아라!"

루치페로는 비로소 사태의 심각성을 짐작했다. 그러나 무슨 수를 써도 무혼을 찾을 수 없었다. 아차원의 결계에서는 시간의 흐름을 알 수 없다. 그래도 차원의 바다의 시간으로 추정컨대 대략 1백 디에스의 시간 정도는 흐른 듯싶었다.

그러자 심지어는 무혼이 혹시 어딘가에서 죽지 않았을까 하는 의견들도 나왔다. 그러나 루치페로는 무혼이 죽지 않앗음을 확신했다. 만일 무혼이 죽었다면 아차원의 결계가 깨어져야 정상이기 때문이다.

"놈이 간악한 꾀를 쓰는군. 이런 식으로 시간을 끈다고 뭔가 달라질 것이 있다 생각하는 건가?"

루치페로는 코웃음을 치더니 손을 슥 휘저었다. 그러자 막막한 공간에 짙푸른 숲으로 이루어진 거대한 대지가 나타났다.

하늘은 맑았고 때로 어두워지기도 했다. 대지 주위로는 바다도 있었고, 우뚝 솟은 산들 사이로 강도 흘렀다. 언뜻 보면 보통의 세계와 다를 바 없었다. 루치페로는 초용군단에 속한 마왕들과 로아탄, 정령왕들에게 명령했다.

"이제부터 흩어져라. 저기서 너희들이 하고 싶은 대로 하고 살아라. 단, 서로의 싸움은 허락하지 않는다."

이해할 수 없는 명령이었다. 하고 싶은 대로 살라니. 이게 또 무슨 말인가? 그러나 루치페로의 명령을 어길 수는 없는 일이다.

싸움을 금지하는 건 병력 손실을 우려해서 이리라. 본래 호전적인 마왕들과 정령왕들이 작정하고 싸움질을 시작하면 이중 태반은 죽어 없어질 테니까.

어쨌든 싸움 빼고는 뭐든 허락된다지만 마땅히 할 것이 없었다. 대부분 늘어져라 잠을 자거나 끼리끼리 모여앉아

잡담을 하는 식이었다. 루치페로는 일부러 느긋하게 혼자서 숲을 거닐었고, 초용족들도 그런 식으로 각자 떨어져서 지냈다.

물론 이는 일부러 무혼에게 기습할 기회를 주기 위함이었다. 각개 격파할 기회를 주면 숨어 있던 무혼이 튀어나와 누군가를 기습할 것이란 생각에서 비롯된 것이었다.

그러나 루치페로의 예측은 틀렸다. 이후로 아무리 시간이 지나도 무혼은 나타나지 않았다. 그리고 시간이 다시 아득히 흘렀다.

Chapter 12
처음이자 마지막 선물

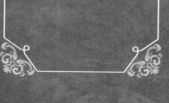

리가스 대륙 동부 아르티펙스 평원.

이 방대한 평원에는 무려 삼백여 개의 도시들이 있었다. 그중 하나인 도시 유레아. 이 도시의 거리는 온통 술집이 늘어서 있었고 오늘도 흥청망청 술을 마시는 이들로 가득했다.

여러 술집 중 한 곳.

음침하고 끈적이는 음악이 흘러나오는 술집의 바에는 늘씬하고 아름다운 한 명의 여성 바텐더가 술을 따르고 있었고, 그 앞에 두 명의 사내가 앉아 술을 마시고 있었다.

"제기랄! 대체 얼마나 많은 시간이 지났는지 모르겠군.

이러다 정말 영원히 여기서 갇혀 죽는 건 아닌지. 그 망할 용자 놈은 대체 어디에 숨어 있는 건가?"

"크득! 말을 해서 뭐하느냐? 그냥 포기하는 게 마음이 편해. 난 요즘 그냥 포기하고 산다. 매일 술이나 퍼마시면 족할 뿐이야."

그러자 처음 투덜거리던 사내가 힐끗 옆의 사내를 노려봤다.

"쯧! 콘딜로스, 네놈도 이제 변했구나. 누가 이제 네놈을 마왕이라 하겠느냐? 하급 마물이라면 딱 적당하겠군."

"큭큭큭! 유레아즈 네놈은 뭐 별수 있느냐? 내 눈에는 네놈 역시 마왕이 아닌 하급 마물로 보일 뿐이다."

그들은 다름 아닌 마왕 유레아즈와 콘딜로스였다. 유레아즈는 도시 유레아의 총독이었고, 이 도시의 시민들은 그의 부하 마족들과 로아탄, 마물들로 구성되어 있었다.

콘딜로스는 역시 도시 딜로스의 총독으로 그곳은 유레아 동쪽에 위치해 있었고, 오늘은 유레아즈가 다스리는 이곳 도시로 놀러 온 터였다.

둘은 예전에 서로 잡아먹을 듯 좋지 않은 사이였고, 지금도 여전히 사이는 좋지 않지만, 그래도 간혹 만나 술을 마시며 삶을 푸념하기도 했다.

마왕으로서의 찬란했던 삶은 아득한 과거로 지나 버렸

다. 그 빌어먹을 용자 무혼이 펼친 아차원의 결계 속에 갇히면서 모든 것이 틀어져 버린 것이다.

그렇다. 평범한 세계처럼 보이는 이곳 세계는 실상 아차원의 결계였다. 무혼을 끌어내기 위해 루치페로가 만들었던 대지는 리가스 대륙이 되었고, 대륙에 존재하는 네 개의 큰 평원은 초용족들의 이름을 따 각각 아르티펙스 평원, 크라니오 평원, 베르메온 평원, 카르디날 평원이 되었다.

각각의 평원마다 각 초용군단에 속한 이들이 자신들의 부하들을 이끌고 도시를 만들었고, 그렇게 리가스 대륙은 네 개의 평원에 1천여 개의 도시로 이루어진 기이한 세계가 되어 아득한 세월이 지나 버린 것이다.

루치페로는 어디에 있는지 알 수 없고, 초용족들 또한 자신들을 드러내지 않은 지 오래되었다.

그러나 각 도시의 총독들인 마왕들과 정령왕들은 루치페로가 살아 있음을 믿어 의심치 않았다. 싸움은 금지된 터였기에 자연스레 술과 유흥으로 시간을 때웠다.

하지만 유흥도 하루 이틀이다. 약탈도 못 하고 살인도 못 하고, 특히 싸움을 못 하니 마왕들에게는 생지옥이 따로 없었다. 다행히 시간이 지나자 어느덧 그러한 삶에 적응이 되었고, 마왕들은 이제 아득한 과거의 일만 회상하며 자신의 무용담을 자랑하는 것이 일과였다.

"흐흐흐! 매끼마다 인간 수십 마리, 엘프 수십 마리씩을 잡아 버무려 먹던 기억이 쏠쏠하군. 그때로 돌아갈 수 있다면 정말 좋겠구만."

콘딜로스의 말에 유레아즈도 흥미로운 눈치였다.

"언제고 그 용자 놈은 죽을 것이다. 그때가 되면 마음껏 인간 고기를 먹을 날이 오겠지."

"흐흐! 예전에 네놈은 그쪽엔 별로 흥미가 없는 듯 보였는데 이제 관심이 생겼느냐?"

"흥미가 없긴 왜 없느냐? 네놈처럼 많이 먹지 않았을 뿐 매일 꼬박꼬박 챙겨 먹었다."

유레아즈는 군침을 삼키며 말했다. 둘은 이후로 어떤 식으로 인간 고기를 요리해 먹으면 더 맛이 있는지 성토하기 시작했다.

우르르르! 콰콰쾅!

쏴, 쏴아아아!

그때 갑자기 바깥에서 우레가 울리고 비가 쏟아지는 소리가 들렸다. 루치페로가 워낙 기막히게 만들어 놓은 이 결계 안의 기상 현상은 차원의 바다에 존재하는 보통의 대륙에서 일어나는 것과 별다를 바 없었다.

따라서 사방이 흔들리고 우렛소리가 진동해도 유레아즈와 콘딜로스는 그저 인간 고기가 어쩌고 엘프 고기가 어쩌고 하며 옛일을 회상하는 데만 바빴다.

그런데 그들과 달리 앞에서 말없이 술을 따르던 미녀 바텐더의 손은 파르르 떨렸다. 조금 전까지 간혹 입가에 미소를 머금기도 했던 그녀의 표정은 딱딱하게 굳어 있었다.

무심코 그 모습을 본 유레아즈가 물었다.

"팔레나스, 무슨 일 있느냐? 왜 표정이 굳어 있지?"

"……."

바텐더는 다름 아닌 유레아즈의 오른팔이자 최강의 가디언인 로아탄 팔레나스였다. 이 술집은 그녀가 운영했고 주고객은 오직 유레아즈였다. 다른 이들은 들어올 수 없으며, 간혹 콘딜로스를 비롯한 다른 마왕들이 유레아즈와 함께 놀러 올 뿐이다.

팔레나스는 유레아즈와 아주 오랜 세월을 함께 해 온 가디언이다. 그녀로 인해 유레아즈는 한때 오르덴의 노예 신세에서 풀려나기도 했기에, 그만큼 그녀를 대하는 유레아즈의 태도는 각별하다.

그것은 팔레나스 역시 마찬가지다. 특히 평소라면 그녀는 유레아즈의 질문에 즉각 공손히 대답을 해 주었을 것이다. 그러나 그녀는 여전히 굳은 안색으로 서 있을 뿐 아무런 대답도 하지 않았다. 대체 무엇 때문일까?

"무슨 일이 있느냐? 어서 대답해 보아라."

유레아즈는 인상을 찌푸렸다. 왠지 팔레나스의 태도에 이질감을 느껴졌던 것이다. 바로 그때 그들의 옆에 웬 흑색의 삿갓을 쓴 청년 하나가 불쑥 앉더니 말했다.

"여기 술 한 잔 주시오."

순간 유레아즈와 콘딜로스는 어안이 벙벙했다. 이 술집은 평범해 보여도 유레아즈 외에는 아무도 들어올 수 없음을 이 도시에 있는 이들은 모두 알고 있다.

물론 간혹 다른 도시에서 여행을 오는 이들도 있지만 그들 또한 이 술집은 총독인 유레아즈의 허락 없이 들어올 수 없는 곳임을 간판에 그려진 문양만 보고도 눈치껏 금세 알 수 있었다.

따라서 결단코 지금과 같은 상황이 벌어질 수 없다. 머리에 삿갓을 눌러쓴 이 정체불명의 청년은 대체 누구인가?

생각 같아서는 당장이라도 패대기를 치고 싶었지만 유레아즈는 참았다. 문득 짚이는 바가 있었기 때문이다.

리가스 대륙에서 오래도록 모습을 감춘 루치페로와 네 명의 초용족들이 간혹 평범한 여행객의 모습으로 도시를 방문하며 유희를 즐기기도 한다는 소문이 있었다.

따라서 어쩌면 이 청년이 루치페로 혹은 초용족 중의 하나일지도 모른다는 생각에 유레아즈는 짐짓 정중하게 물었다.

"혹시 루치페로 님이십니까?"

그러자 청년이 삿갓을 슥 들어 올리더니 싸늘히 웃었다.

"오랜만이군, 유레아즈."

"네, 네놈은!"

유레아즈의 안색이 경악으로 변했다. 콘딜로스 역시 마찬가지였다. 그토록 오래도록 찾아도 찾지 못했던 용자 무혼이 이 자리에 나타나다니.

'으, 이놈이 여기에 어떻게.'

'큰일이군. 이걸 빨리 알려야 한다.'

유레아즈와 콘딜로스는 사색이 된 채로 몸을 떨었다. 그들은 무혼이 초용족도 죽일 만큼 강한 존재임을 알고 있다. 따라서 자신들 정도는 그가 손가락 하나만 까딱해도 끝장이란 사실을 너무 잘 알았다.

따라서 지금 상황에서 그의 비위를 건드릴 만큼 무모한 짓은 할 생각도 못 했다. 어떻게 하든 이 자리를 빠져나가 이 사실을 외부에 알려야 한다는 생각뿐이었다.

그때 무혼이 삿갓을 탈의해 옆에 내려놓으며 말했다.

"술 한 잔 달라고 했는데 왜 주지 않는 거요?"

그러자 유레아즈가 황급히 팔레나스에게 시선을 보냈다. 어서 주지 않고 뭐 하느냐는 듯 그의 두 눈은 사나워져 있었다.

탁. 쪼르륵.

팔레나스는 힐끗 무혼을 노려보더니 말없이 술을 한 잔 따라 건넸다. 무혼은 잔을 받아 대충 마시는 시늉만 하더니 그대로 내려놓고는 입을 열었다.

"너희들! 죽기 전에 마지막으로 할 말은 없나?"

그 말에 유레아즈의 얼굴이 일그러졌다. 그들은 무혼이 이곳에서 닭의 목을 비틀듯 자신들을 가차 없이 죽이려 한다는 사실을 깨닫고 치를 떨었다.

"크흐! 정말 징그러운 놈이구나. 여기서 우릴 죽이면 네 놈은 무사할 줄 아느냐?"

"빌어먹을! 대체 나와 무슨 원수를 졌다고 이렇게 악착같이 쫓아와서 죽이려 하느냐? 세상에 다른 마왕도 많은데 왜 유독 나만 쫓아와 죽이려는 것이냐?"

콘딜로스는 무혼을 보며 절규했다. 그러자 무혼의 두 눈이 싸늘해졌다.

"구차하게 나오지 마라. 내가 너희를 죽일 이유는 만 가지도 넘게 말할 수 있지. 할 말을 다했으면 이제 그만 죽여주마."

"닥쳐라!"

"으득! 우리가 순순히 당할 줄 아느냐?"

유레아즈와 콘딜로스는 무혼을 향해 달려드는 척하다가

곧바로 후다닥 술집 바깥으로 달아났다. 무혼은 태연히 앉아서 그들이 나가든 말든 신경도 쓰지 않았다.

대신 그는 시선을 돌려 바텐더 팔레나스를 쳐다봤다. 그녀는 무혼을 복잡한 눈빛으로 노려보고 있었다.

무혼은 픽 웃었다.

"참으로 오랜 시간이 흘렀군. 당신도 날 찾느라 힘들었지만 나 또한 당신을 찾느라 애를 먹었지. 그렇지 않소, 리가스 루치페로?"

그러자 팔레나스의 입가에 기이한 미소가 맺혔다. 곧바로 그녀의 얼굴은 팔레나스가 아닌 루치페로의 얼굴로 바뀌었다. 그는 유레아즈의 가디언인 팔레나스를 해치우고 그녀의 모습으로 변장한 채 자신을 숨겨왔는데 무혼에게 결국 들통이 난 것이다. 그는 씁쓸한 표정을 지었다.

"언젠가 이런 날이 올 줄은 알았지만 막상 닥쳐오니 모든 게 허무하군. 지난 모든 일이 그저 꿈이란 생각이 들 뿐."

"그럴 거요."

무혼은 배낭을 뒤적이더니 뭔가를 꺼내 바 테이블 위에 내려놓았다. 커다란 그릇이었다. 그 안에는 말린 면이 가득 들어 있었다. 그걸 본 루치페로가 멍한 표정을 지었다.

"그게 뭐지?"

무혼은 대답 대신 그릇 안에 정체불명의 가루를 뿌렸다. 그러고는 뜨거운 물을 가득 부었다.

순간 뜨거운 물에 가루가 녹았고 면이 익었다. 맛 좋은 육수 국물에 쫄깃쫄깃한 면발! 그야말로 순식간에 훌륭한 국수 요리가 완성되었다. 루치페로의 두 눈이 휘둥그레졌다.

"웬 국수인가?"

"드시오. 처음이자 마지막 선물이니까."

"선물이라? 그렇다면 사양할 수 없겠지."

루치페로는 뜻밖의 선물에 놀랐다. 그는 흔쾌히 국수를 먹었다. 면발이 기막혔다. 국물 맛은 더더욱. 후루룩, 후루룩 면을 입에 넣어 씹자 절로 감탄이 나왔다.

"맛있군."

"그럴 거요."

무혼은 담담히 대꾸했다. 루치페로는 이후로 한동안 말 없이 국수를 먹는 데 열중했다. 일순간 그의 두 눈에서 눈물이 주룩 흘러내렸다.

"그러고 보니 아득히 오래전 이와 비슷한 걸 먹어 본 적 있지. 생각해 보니 그때가 참 행복했었던 것 같군. 그땐 별로 강하지 않을 때였고, 내가 용자란 사실도 몰랐을 때였지만 말이야. 왜 용자가 된 이후에 나는 더 불행해졌을까?"

"그걸 잃어버렸던 것이 문제였소. 용자로서 강해지는 것보다 더 중요한 것이 바로 그것이오."

"그것?"

"삶의 소소한 행복 말이오. 인간을 인간답게 만들어주는 건 무슨 거창한 데 있는 것이 아니라 바로 그런 것들에 있소."

루치페로의 인상이 일그러졌다.

"터무니없는 말처럼 들리지는 않는군."

"당신이 그것을 잃어버리지 않았다면 그리 쉽게 타락하지 않았을 거요."

"모르지. 나란 놈은 그래도 타락했을지 몰라. 원채 야심이 강했으니까."

"글쎄! 당신의 마음이 공허하게 비어 있으니 쓸데없는 데 집착하며 타락하게 된 것 아니겠소? 어쨌든 지난 일은 되돌릴 수 없소. 당신은 용자로서 너무 큰 패악을 저질렀어. 죽음은 피할 수 없는 일이오."

"잠깐! 국수 먹을 시간은 주게. 아직 국물이 좀 남았어."

루치페로는 자신이 무슨 수를 써도 무혼을 이길 수 없음을 직감했다. 아득한 세월이 흐르는 동안 대체 어디에 숨어 있었는지 모르지만 무혼은 예전과 비할 수 없는 경지로 올라서 있었다. 지금은 그가 바라보지도 못할 정도로.

"천천히 드시오. 기왕이면 남기지 말고 다 드시오."

"고맙네."

루치페로는 그릇을 들어 국물을 마셨다. 그러다 문득 무혼을 쳐다봤다.

"이런 말을 하기 우습지만 만일 예전에 내게 자네와 같은 좋은 친구가 있었다면 내가 그리 삐뚤어지지 않았을지도 모르겠군."

"우린 아마 좋은 친구가 되었을 거요."

무혼은 씩 웃었다. 그 말은 진심이었다. 루치페로가 타락하지 않았다면 무혼과 잘 통하는 친구가 되었을 것이다.

탁.

루치페로는 국수 그릇을 말끔히 비우고는 내려놨다.

"그래도 차원의 바다에 자네와 같은 용자가 있다는 것이 심히 다행이군."

그 말과 함께 그의 두 눈에서 사나운 기세가 뿜어져 나왔다. 그는 키득 웃으며 외쳤다.

"마지막이니 전력을 다하도록 하지. 만만치 않을 테니 방심하지 말게."

"덤비시오."

무혼은 예의 평범한 롱 소드를 꺼내 들며 차갑게 웃었다. 결투는 순식간에 끝이 났다. 루치페로는 전력을 다했지만 그가 펼쳐낸 그 어떤 기운도 무혼 앞에서 맥없이 흩어져 버렸다.

번쩍, 검광이 일어나는 순간 루치페로는 자신이 가진 모든 힘의 근원들이 파괴되었음을 깨닫고 허탈한 웃음을 지었다.

"허허! 대단하군. 어쩌면 자네가 차원의 바다에서 가장 강할지도 모르겠어."

"그런 게 무슨 의미요? 어제보다 오늘 더 강해지는 것이 중요할 뿐이지. 하나 그보다 더 중요한 것이 그에 대한 목적이오."

"목적……?"

"아무런 목적 없이 강해지는 건 재앙을 초래하오. 그 힘을 주체 못 해 결국 당신처럼 될 뿐이오. 내가 강해지는 목적은 아까 당신에게 보여줬던 그것을 지키려 함이지."

"삶의 소소한 행복 말인가?"

"그렇소."

"흐흐! 그렇군. 왜 나는 그걸 몰랐을까?"

그 말을 끝으로 루치페로의 몸이 가루가 되어 흩어져 버렸다. 무혼은 씁쓸한 눈빛으로 그 모습을 바라보다 시선을 돌렸다.

문 앞에는 밖으로 달아났던 두 마왕이 사색이 된 채로 덜

덜 떨며 서 있었다.

그럴 수밖에 없으리라.

술집 밖에는 이곳 리가스 대륙에 살고 있던 모든 권속들의 시체가 산이 되어 쌓여 있었으니까. 초용족 네 명을 비롯해 그 휘하 모든 초용군단이 전멸한 터였다.

그 일은 아까 우레가 울리고 땅이 진동하는 순간 벌어진 일이었다. 당시 팔레나스로 변신해 있던 루치페로의 안색이 굳어졌던 이유는 바로 그것 때문이었다.

유레아즈 등은 모르고 있었지만 무혼이 이 술집에 들어오는 순간 리가스 대륙에서 생존자는 루치페로와 그들 두 마왕뿐이었다.

그 사실을 술집 바깥으로 나가는 순간 깨달은 유레아즈 등은 머리가 텅 비어 버렸다. 그들은 달아날 생각도 하지 못한 채 덜덜 떨고만 있었다. 그리고 그들은 곧바로 최후를 맞이했다.

"오랜 싸움이었다. 그만 끝내자."

무혼이 검을 휘두른 순간 두 마왕의 몸이 처참히 분리되었고 이내 가루로 변해 흩어져 버렸다.

동시에 사방의 공간이 일그러지더니 이내 갈기갈기 찢겨나갔다. 루치페로 일당이 전멸하는 순간 아득히 오래전 펼쳐졌던 아차원의 결계가 비로소 깨어진 것이다.

쿠우우우우—!

트레비 해역과 아르아브 해역의 접경 지역에 거센 폭풍이 몰아치다가 이내 잠잠해지더니, 그곳에 한 명의 흑발 청년이 모습을 드러냈다. 다름 아닌 무혼이었다.

"그동안 대체 얼마의 시간이 지났는지 모르겠군."

시간 개념을 잘 알 수 없는 아차원의 공간에서도 아득한 세월이 흐르는 것을 느꼈을 정도다. 아무리 못해도 이로이다 대륙의 시간으로 1천 년의 시간은 훌쩍 지나버린 듯했다.

만일 1천 년이 훨씬 지났다면? 혹시라도 이삼천 년의 시간이 지났다면?

"루인……!"

무혼의 눈빛이 흔들렸다. 그렇다면 루인은 죽었을 것이다. 물의 정령왕 아쿠아가 준 불사의 성수를 마신 덕분에 천 년 이상의 수명을 루인이 가지게 되었지만, 이미 천 년이 한참 지나 버렸다면 무혼은 그녀를 보지 못하게 될 것이다.

"루인! 부디 살아 있기를 바라겠소."

아차원의 결계에서 지내는 아득한 세월 동안 무혼은 루인을 한 번도 잊은 적 없었다. 그가 그 오랜 세월을 고독하게 지내면서도 용자다운 심성을 유지할 수 있는 것은 그녀 때문이었다.

특히 로드리아 대륙의 도시 보뇌르에서 국수를 팔며 그녀와 행복하게 지냈던 그 시절이 없었다면, 무혼은 그 스스로 삶의 의미를 상실하고 용자로서의 길을 포기해 버렸을지도 모른다.

대체 무슨 영광을 보겠다고 타락한 용자와 천 년 이상의 지긋지긋한 전쟁을 벌여야 한단 말인가? 그렇게 해서 이기고 난다한들 무슨 의미가 있겠는가?

이러한 생각들이 끝없이 무혼을 괴롭혔다. 하지만 그때마다 그는 보뇌르에서 보냈던 행복한 시절을 떠올렸다. 그것이 그를 지탱해 주지 않았다면 어쩌면 그는 루치페로보다 더한 타락한 용자가 되었거나 혹은 스스로 자폭을 해 버렸을 수도 있었다.

스스슷—

무혼은 조급한 마음으로 노지즈 해역으로 향했다. 중간에 아르아브 해역의 항구들에 들러 그사이 시간이 얼마나 흘렀는지 확인해 볼 수도 있었지만, 그럴 만한 틈도 아까웠다.

솔직한 심정으로는 그 세월을 알게 될 것이 두렵기도 했다. 정말로 수천 년의 세월이 흘러버렸다면 루인이 죽었음이 분명하기에.

그래서 차라리 직접 노지즈 해역에 있는 용자의 성으로 가서 무혼이 직접 확인하고 싶었다. 차원질주술이 최상급의 경지를 넘어선 무혼에게 그곳까지는 차 한 잔 마시는 시간이면 갈 거리였다.

스스스.

무혼의 오른 손목에 있던 차원의 팔찌는 사라진 지 오래다. 오래전 약속한 대로 팔찌의 자아로 얽매여 있던 소옥을 자유롭게 놓아줬기 때문이다.

예전 같으면 차원의 팔찌가 없이는 차원의 바다에 나올 수 없었지만, 더 이상 무혼에게는 그러한 것들이 의미가 없었다. 무혼 스스로 산책하듯 차원의 바다를 이동할 수 있었으니까.

잠시 후 노지즈 해역으로 진입한 무혼은 깜짝 놀랐다. 본래라면 당연히 그를 반겨야 할 가디언 로아탄들이 하나도 보이지 않았기 때문이다.

노지즈 해역은 무혼의 성해역이 아니었던가? 성해역을 지키는 로아탄들은 다 어디로 갔단 말인가?

그리고 로아탄들이 없다면 정령왕들이라도 있어야 한다. 물의 정령왕 아쿠아와 불의 정령왕 나룬은 무혼에게 노지즈 해역을 지키겠다고 맹세했으니 말이다.

그러나 그들의 모습도 보이지 않았다. 비로소 무혼은 뭔가 잘못되었다는 생각에 안색이 굳어졌다.

가장 충격적인 사실은 용자의 성도 보이지 않는다는 사실이었다. 설사 루인이 죽었다 해도 성의 총사인 엘리나이젤은 살아 있어야 하지 않은가? 최상급 정령인 그의 수명은 웬만한 마왕들 못지않으니까.

그런데 엘리나이젤 또한 보이지 않는다. 최상급 정령 츠베르크도, 드래곤 로드 푸르카도! 포르티와 아그노스도 없다. 상급 정령 실피도, 고양이 가디언 포티아도 눈에 띄지 않는다. 이게 어찌 된 일일까?

무혼은 즉각 이로이다 대륙으로 가 보았다. 트레네 숲의 상공에서 아래를 내려다보자 익숙한 정경이 하나 눈에 들어왔다.

다름 아닌 하늘 호수였다. 맑고 푸른 호수의 모습을 위에서 내려다보니 마치 예전 루인의 미소처럼 푸근하게 느껴졌다. 루인은 저 호수를 정말 좋아했는데.

무혼은 서서히 하강해서 하늘 호수로 내려왔다. 호수 중앙 돌산에 만들어 둔 정자도, 호숫가에 있던 루인의 별장도 사라져 버렸다.

그뿐이 아니라 트레네 숲의 정경을 자세히 보니 예전 무혼이 알던 그 모습이 아니었다. 많이 바뀌었다. 시간이 꽤 많이 흘러 지형이 변한 것처럼.

"대체 얼마의 시간이 흐른 건가? 어째서 과거의 흔적을 하나도 찾을 수 없다는 말인가?"

무혼이 탄식하며 호숫가를 걷는 순간이었다.

촤아아.

갑자기 호수 중앙의 물이 출렁이더니 사람 형상으로 화했다.

Chapter 13

차원의 바다의 전설

무혼의 두 눈이 커졌다. 하늘 호수 위에 나타난 인간의 형상. 그는 다름 아닌 물의 정령왕 아쿠아였다.

"아쿠아? 그대는 아직 남아 있었군."

그러자 아쿠아가 두 눈을 둥그렇게 뜨더니 믿기지 않는다는 표정으로 무혼을 쳐다봤다.

"혹시 당신이 절대 용자 무혼이십니까? 정녕 그분이 맞는 것이오?"

"눈으로 보면서도 모르겠나? 내가 그가 아니면 누구일까?"

그러자 아쿠아가 머리를 긁적이며 웃었다. 그는 이미 무

혼이 누구인지 알고 있었다. 다만 너무 놀라 잠시 멍한 질
문을 했을 뿐이다.

"역시 현자 루인의 예언이 틀림이 없군요. 로드! 당신
이 언젠가 꼭 돌아오실 거라 했는데 그 말이 이루어졌습니
다."

"루인은……?"

무혼의 음성이 떨렸다. 아쿠아가 씁쓸히 웃으며 대답했
다.

"어찌 그런 질문을 하시는지 모르겠군요. 로드께서는 시
간의 흐름을 잊으셨습니까?"

"내가 떠난 지 얼마나 지난 거지?"

그러자 아쿠아가 길게 한숨을 내쉬며 말했다.

"대충 만 년쯤 지난 것 같군요."

"마…… 만 년이라고?"

무혼은 깜짝 놀랐다. 최소 1천 년, 많으면 몇천 년의 시
간이 흘렀을 거라 예상은 했지만 설마 1만 년이라는 엄청
난 세월이 흘러버렸을 줄이야.

그제야 비로소 트레네 숲의 지형이 왜 이리 낯설게 변해
버렸는지 알 수 있었다. 호숫가에 있던 루인의 별장도, 하
늘 호수 중앙 돌산 위에 있던 정자도 사라진 것이 당연했
다.

'루인…….'

물론 루인은 죽었을 것이다. 만 년이라는 시간을 그녀가 살기란 불가능하기에. 미리 각오는 했지만 가슴이 울컥하며 눈시울이 뜨거워지는 느낌에 무혼은 울적한 마음을 금치 못했다.

"그렇게 시간이 지난 줄은 몰랐군. 그런데 다른 이들은 어디 있는 것인가?"

그러자 아쿠아가 다시 허탈하면서도 씁쓸한 미소를 지으며 대답했다.

"저를 따라오십시오. 그렇지 않아도 로드께 그에 대해 보고를 드리기 위해 제가 지금껏 하늘 호수에 남아 기다리고 있었습니다."

*   *   *

아쿠아가 무혼을 데려간 곳은 하늘 호수 지하에 위치한 동굴이었다. 본래 그곳엔 땅의 정령 츠베르크가 거하던 마정석 광산이 있던 곳인데, 지금은 커다란 밀실 하나만 존재할 뿐 마정석은 보이지 않았다.

그그긍!

아쿠아가 밀실 문 앞에서 돌출된 단추를 누르자 문이 열렸다.

"여기입니다. 로드께서 궁금해 하시는 모든 것이 들어 있을 것입니다."

밀실은 마치 거대한 도서관을 방불케 할 정도로 벽마다 서가가 있었고, 책들이 가득했다. 각 책마다 무혼에게 매우 낯익은 이름들의 제목이 적혀 있었으니.

한스 전기, 라섀드 전기, 알렌 전기, 나룬 전기, 루인 전기, 포르티 전기, 아그노스 전기, 푸르카 전기, 카듀 전기, 엘리나이쥏 전기, 실피 전기, 포티아 전기, 사만 다 전기……

무혼은 망연자실한 표정으로 그것들을 바라봤다. 정말로 눈물 나도록 친숙한 이름들이다. 만일 이들이 살아 있다면 결코 전기라는 이름의 책으로 적힌 채 이곳에 진열되어 있을 리는 없으리라.

모두 죽었다. 각자가 살던 행적들만 남긴 채로.

무혼은 루치페로와의 전쟁에서 승리했지만 그사이 그가 가진 가장 소중했던 존재들은 모두 사라져 버렸다. 그저 허탈한 미소가 흘러나왔다.

그때 그 모습을 지켜보던 아쿠아가 말했다.

"현자 루인이 꼭 전해 주란 말이 있었습니다. 당신이 지켜준 덕분에 모두가 행복했었다고. 당신이 아니었다면 모두가 불행했을 거라고. 그리고 이곳에 적힌 전기들을 읽어 당신이 무엇을 지켜 주었는지 보라고 했습니다."

"……."

무혼은 말없이 책 하나를 빼 들었다. 가장 먼저 그의 부하이자 제자가 된 한스. 바로 그의 행적이 적힌 책이었다.

평범한 용병이던 한스는 트레네 숲에서 용자 무혼을 만나 그의 부하가 되었다. 그가 용자 무혼을 만나지 않았다면 어찌 그랜드 마스터가 될 수 있었겠는가. 이로이다 대륙의 역사상 찬란히 빛나는 별 중 하나로 기억되는 위대한 검사 한스! 그는 죽기 전 말했다. 용자 무혼을 만난 것이 자신의 인생에서 가장 최고의 순간이었다고. 그를 만나 진정 행복했었노라고…….

이후로 한스의 행적에 대해 상세히 적혀 있었다. 그가 언제 그랜드 마스터가 되었는지, 그리고 이로이다 대륙의 지하에서 잠자던 고대의 괴수가 출몰했을 때 그가 나서서 해치웠던 일화들, 아름다운 엘프와 결혼한 일, 옛 친구들을 찾아가 용서하고 술집을 차려 줬다는 일 등등 흥미로운 얘

깃거리들이 많았다.

특히나 이 책에는 움직이는 삽화가 그려져 있어 한스의 살아생전 모습을 생생히 볼 수 있었다. 그러한 삽화는 다른 모든 책에도 들어 있었다.

계속해서 무혼은 푸르카 전기를 빼 들었다. 한때 이로이다 대륙의 드래곤 로드였던 푸르카. 그의 전기다.

　　이로이다 대륙의 드래곤 로드 푸르카는 죽기 전 말했다. 처음에는 그토록 그가 미웠다고. 정말로 치가 떨릴 정도로 싫었다고. 그러나 언제 이후로는 그가 좋아졌다고. 드래곤으로서의 오만을 깨뜨려 주고 한계를 초월할 수 있게 해 준 그에게 진정 감사한다고…….

책장을 넘기니 푸르카의 장구한 삶의 행적이 펼쳐져 있었다. 그는 대략 7천여 년 전에 죽었는데 당시 노지즈 해역을 노리고 침략해 온 피라타와의 전투에서 장렬히 전사했다.

노지즈 해역에 그런 큰 전쟁이 있었을 줄이야. 하기야 만년이란 세월은 그런 일이 숱하게 벌어지고도 남을 만큼 긴 시간이다.

절대 용자 무혼이 타락한 용자 리가스 루치페로의 세력

과 함께 홀연히 사라진 이후로 아르아브 해역 주변 수백여 해역에는 오래도록 평화가 지속되었다. 수많은 마왕들이 루치페로와 함께 사라졌기 때문이었다.

그런데 불행은 하필이면 푸르카의 옛 부하였던 켈사이크로부터 비롯되었다. 오래전 푸르카의 명령을 받아 새로운 세계를 찾으러 떠났던 사룡 켈사이크가 타락한 용자의 부하가 되어 노지즈 해역을 빼앗으러 온 것이다.

처음에는 마왕 한둘만 왔다가 정령왕 나룬과 아쿠아에게 쫓겨 갔지만, 그들은 집요했다. 이후로 끝없이 도발을 해왔다.

그러나 노지즈 해역에는 정령왕 나룬과 아쿠아만 있는 것이 아니었다. 절대 용자 무혼의 가디언들도 아직 건재해 있었고, 무엇보다 노지즈 해역에 속한 133개의 대륙 대부분에 용자들이 존재했다.

이는 1만여 년 전 무혼이 사라진 이후 현자 루인이 대략 1천여 년 동안 노지즈 해역을 통치하며 각각의 대륙마다 용자들이 생겨날 수 있도록 안배를 해 두었기 때문이다.

비록 그 용자들 각각의 능력은 마왕들에 필적하지 못했지만 그들의 뭉친 힘은 강했다. 마왕들이 도발해 올 때마다 용자들은 정령왕들과 힘을 합쳐 물리쳤다.

그러나 어느 날 마왕들의 주군인 타락한 용자 비스투스

가 직접 나타나 침략해 왔고, 그로 인해 노지즈 해역은 큰 재앙에 휩싸이고 말았다.

비스투스는 비록 초월자의 경지에는 이르지 못했지만 웬만한 마왕이나 정령왕들보다는 훨씬 강했다. 그는 가급적 오르덴들과는 대적하지 않았고 지능적으로 노지즈 해역과 같은 소규모 해역만 노리는 피라타였다.

절대 용자 무혼이 루치페로와 함께 사라진 이상 노지즈 해역에서 그를 두렵게 만들 존재는 없었다. 그는 타락한 용자로서의 잔혹함과 흉포함을 마음껏 드러냈다.

그 전투로 인해 수많은 용자들이 죽었다. 불의 정령왕 나룬도 죽었고, 엘프의 수호 정령 엘리나이젤도 죽었다. 불의 정령 사만다도 바람의 정령 실피도, 고양이 가디언 포티아도 모두 그때 전사한 것이었다. 또한 물의 정령왕 아쿠아 역시 극심한 부상을 입고 죽기 직전이었다.

바로 그때 우연히 노지즈 해역에 놀러 왔던 초용족 푸르푸레우스가 그 장면을 목격하고 개입하지 않았다면 아쿠아 역시 죽었을 것이고, 노지즈 해역은 타락한 용자 비스투스에 의해 폐허로 변했을 것이다.

푸르푸레우스는 현자 루인이 통치하는 1천여 년 동안 그녀를 지켜 주며 노지즈 해역에 거했는데, 루인이 수명을 다해 죽자 어딘가로 홀연히 떠나 버린 터였다.

그러다 간혹 다시 찾아오곤 했는데 그 이유는 혹시 친구 무혼이 돌아왔나 싶어서라 했다. 차원의 바다에는 무혼이 루치페로 일당과 자폭한 것이라 알려져 있지만 푸르푸레우스는 무혼이 죽지 않았을 거라 믿고 있는 이 중 하나였던 것이다.

바로 그 초용족 푸르푸레우스에 의해 타락한 용자 비스투스와 그 일당들은 모조리 몰살을 당했다. 그 이후로 노지즈 해역은 초용족이 지켜 준다는 소문이 퍼져 그 어떤 피라타나 마왕들도 얼씬하지 않았다.

그러다 보니 노지즈 해역은 쭉 평화로웠지만 지금은 용자들끼리 사이가 안 좋아 서로 전쟁을 벌이고 있다니 한심한 일이었다. 처음에는 아쿠아가 나서 중재를 하곤 했지만 지금은 그런 것도 귀찮아 개입하지 않은 지 오래됐다고 했다.

"흐흐! 그놈들이 만일 로드께서 귀환하신 줄 알게 된다면 정신을 차리겠지요. 내가 아무리 말을 해도 듣질 않았는데 말입니다."

"확실히 정신이 번쩍 들게 해 줄 필요가 있겠군."

무혼은 고개를 끄덕였다. 같은 해역의 용자들끼리 싸우고 있다니 마왕들이 보면 무척 기뻐할 일이다. 조만간 모아 놓고 정신 교육을 할 필요가 있으리라.

스윽.

무혼은 푸르카 전기를 서가에 꽂고 루인 전기를 빼 들었다. 실상 가장 먼저 보고 싶은 책이었지만 왠지 마음 편하게 읽을 수 없을 것 같아 나중에 빼 든 것이었다. 루인 전기라는 제목을 본 순간 울컥 눈물이 나올 것 같았으니까.

팔락.

책장을 넘기는 무혼의 손이 떨렸다. 그렇게 두 번 다시 볼 수 없을 줄 알았다면 좀 더 잘해 주는 것이었는데. 고작 국수 한 그릇을 만들어 주고 나왔던 그때가 왠지 후회스러웠다.

그러나 무혼이 만들어 준 그 국수를 먹었던 순간이 루인의 생애에서 가장 행복한 시간이었다는 대목을 읽으며 무혼은 가슴이 찡해왔다.

노지즈 해역의 찬란한 별 중의 별! 역사상 가장 위대한 현자였던 루인! 그녀는 죽기 전 말했다. 자신의 장구한 일생은 무척 행복했었노라고. 그러나 그중 가장 행복했던 시절은 무혼과 함께했던 보뇌르에서의 시간이었다고. 특히 마지막 그가 정성껏 만들어 준 따뜻한 국수 한 그릇이 그녀를 천 년 동안 현자로서 지탱해 준 힘이었다고…….

평생 무혼을 그리워하면서도 미래를 생각하며 노지즈 해역을 평화롭게 통치했던 현자 루인. 그녀는 그녀의 수명이 다하는 순간까지 노지즈 해역의 각 대륙마다 용자들이 나오며 그들이 스스로 자립할 수 있도록 심혈을 기울였다고 했다.

"루인, 그대야말로 진정한 용자였소."

무혼은 루인 전기의 책을 가슴에 품으며 나직이 외쳤다. 루인뿐 아니라 이 책들에 기록된 모든 이들이 다 용자다.

용자가 따로 있겠는가. 자신을 희생해 남을 지켜 주는 이가 바로 용자다.

무혼만 이들을 지켜 준 것이 아니다. 이 서가에 기록되어 있는 모든 이들이야말로 실상 무혼이 타락하지 않도록 지켜 준 것이다. 그러니 어찌 이들을 용자라 하지 않을 수 있겠는가.

*   *   *

노지즈 해역에 용자들이 많이 존재하기에 무혼은 떠나기로 했다. 무혼은 절대 용자이지만 차원의 바다를 여행하는 여행자가 된 것이다.

물론 용자들이 정신을 바짝 차릴 수 있도록 상당한 수준의 정신 교육을 시킨 것은 당연했다.

　이후로 차원의 바다에 홀연히 흑색의 차원풍이 일어나면 마왕이나 타락한 용자들이 소멸된다는 전설이 생겨났다. 차원의 바다에서는 그를 초월자 흑제라고 불렀다.

〈완결〉

작가 후기

　흑제가 완결되었습니다. 끝까지 즐겁게 보아주신 독자 제현 여러분께 진심으로 감사드립니다. 2014년 새해에 모두에게 좋은 일만 가득하고, 원하시는 일 다 성취하시길 기원합니다. 아울러 곧 이어 출간될 후속작에도 많은 관심 및 성원을 부탁드립니다.

오렌 배상.